地球村系列

來自非洲的33封信

㊦

目錄

第十八封信 非洲小瑞士 341
第十九封信 不遠千里 361
第二十封信 愛上莫三比克 381
第二十一封信 王冠上的失落寶石 395
第二十二封信 被搶不如分享 415
第二十三封信 糧水荒 433
第二十四封信 水珍珠 453
第二十五封信 剃三萬顆頭 471

第二十六封信　荒地上興學　487
第二十七封信　自由小學的驕傲　505
第二十八封信　麵包超人　527
第二十九封信　國中之國　543
第三十封信　轉身　看見天堂　563
第三十一封信　俯拾皆寶　585
第三十二封信　飽滿的力量　607
第三十三封信　冬的祝福　625

第十八封信

非洲小瑞士

親愛的：

我現在正在瑞士！

其實我是在擁有「非洲小瑞士」之稱的史瓦濟蘭。史瓦濟蘭與瑞士一樣，屬內陸山地國家，擁有樸實無染的自然風光以及舒適的氣候條件，瑞士甚至有「世界公園」的美譽，那麼你就可以想像史瓦濟蘭有多美了。

隨著愈深入了解史瓦濟蘭，我認爲稱呼史瓦濟蘭是非洲小瑞士不是讚美，而是嘲諷。

瑞士是全世界最富裕的國家之一，史瓦濟蘭僅有少少的一百三十萬人，卻有九成人民生活在貧困之中；瑞士是世界上最長壽的國家之一，然而史瓦濟蘭的人民均壽竟然只有二十九歲，每四個人中只有一個可以活到四十歲。聯合國甚至大膽估計，至二〇二〇年，史瓦濟蘭可能會沒有成年人，只剩下小孩，根本原因來自於貧窮、醫療落後以及愛滋氾濫。

二〇一三年九月，四十五歲的史瓦濟蘭國王恩史瓦帝三世（Mswati III）決定迎娶十八歲的年輕女孩作爲第十四任妻子，但這位才從高中畢業不久的

看！像不像秋天的歐洲小山城？史瓦濟蘭擁有「小瑞士」之稱，可不是浪得虛名。

女孩必須先通過愛滋病檢驗才行。由此可見這個國家愛滋的氾濫程度。

二〇一二年七月，國際愛滋病會議公布的最新統計，史瓦濟蘭全國有百分之三十一人口感染愛滋病毒或是HIV帶原，這個數字還不包含兒童。也難怪史瓦濟蘭會在美國一個財經類媒體集團所公布的「全球最健康國家」排行榜中敬陪末座。

這也是爲什麼祖魯族志工近乎赤貧，仍堅持要到史瓦濟蘭來濟貧，「因爲比起這裏，我們實在太富有了。」當我們在史瓦濟蘭關卡停車，並申報車上六十包白米的空檔時間，葛蕾蒂絲如此說。

葛蕾蒂絲話才說完，又急忙地在關卡辦公室跑進跑出。

「申報作業相當費時，再加上非洲國家偷車很嚴重，我們開的這輛車也要提出相關證明。」廖玫玲說，往往一次申報流程就要一、兩個鐘頭，「最久一次是四個鐘頭呢！」

這一天我們還算幸運，只等一個鐘頭就出關了。等待過程中，看著葛蕾蒂絲和布蘭達等人忙碌地進行申請與溝通，我們完全幫不上忙，只能尋找陰涼處休息。

調皮的潘明水忍不住開，見一位祖魯族志工因炙熱陽光而略顯疲態，便走過去逗弄，「你如果覺得累，可以回南非，這裏離南非還很近，走過去就是了。」

那位祖魯族志工身材矮小，但仰起頭來、插腰跺腳的氣勢，可是很有祖魯族兇猛的架勢。她氣呼呼地說：「不！」

這一幕讓大家都笑了，爲等待的時間塡入些消遣。

在德本，志工慣以廖玫玲夫家的姓稱她爲黃媽，相處這幾日來，我發現她處事周到，體貼又會照顧人，跟你很像，果眞有媽媽的味道。談起志工，她也時常關心著哪個人身體如何，哪個人生病了。

「碧翠絲脊椎受過傷，腰也不好。但國際小組只要一返回南非，隔天她就又投入社區關懷工作。」黃媽說，每次看到祖魯族志工旅途疲累，問她們還好嗎？她們總會回答：「別擔心，我們覺得自己像十七歲！」勸她們這個月先休息不要出門，她們也肯定是鏗鏘有力地回答：「不，我一定要去！」

通過關卡，我們沿著一條筆直的柏油路前進，黃媽跟我說這是史瓦濟蘭的國道一號，這條南北向道路是臺灣興建的。

史瓦濟蘭是我們僅有的二十二個邦交國之一。

以前我們一起看新聞時，倘若看到總統出訪邦交國，都會笑說，我們的邦交國都是一些講不太出名字的國家。七年多來的採訪經驗，讓我得以出訪各國，但史瓦濟蘭還是我第一個踏上的邦交國。

談起我們的邦交也是一個傷心的故事。我們曾是一九四五年聯合國成立的創始會員國，並擁有安理會常任理事國身分，一九七一年卻因爲政治因素退出聯合國，邦交國也從六十七國逐年縮減。

史瓦濟蘭自一九六八年獨立以來，一直是中華民國的邦交國，不離不棄。我們退出聯合國後，因應國際環境的需要，以實質外交延續與邦交國、非邦交國的經濟、貿易、文化、科技合作等關係，說白一點，就是以資金和技術援助開發中國家。因此，在史瓦濟蘭可以看到臺灣鋪設的道路，借到的臨時住所也是來自臺灣技術團的宿舍。

我們與史瓦濟蘭的連結，不僅止於國與國之間的政經關係，民間互動亦不少。不少臺商來此設廠，帶動就業市場，民間非政府組織也挹注不少馳援，慈濟就是其中一個，這也是爲什麼祖魯族志工跨出國際濟貧，第一個想到的就是史瓦濟蘭。

一九九五年，慈濟在史瓦濟蘭展開第一場冬令發放，之後成爲每年固定的行程。「發放只能讓當地貧民度過寒冬，卻無法解決他們長年貧窮的問題。」德本地區祖魯族志工帶動成功，給潘明水打了一劑強心針，「若要讓史瓦濟蘭的貧民有翻身機會，一定要帶動出當地志工。」

二〇一二年三月，南非慈濟人來到史瓦濟蘭南緯公司，向當地臺商及本土員工分享善的行動，德本國際志工小組特地多留了幾天，順著不知通往何處的小徑，走向未知的村莊。

「依循的是我當初帶祖魯族志工的模式，走進村莊關心貧戶，並告訴有能力一點的村民，要站出來幫助村民。」潘明水表示，史瓦濟蘭地廣人稀，國土不到臺灣一半大，人口僅一百三十萬，人生地不熟，要如何著力，實在爲難。

「好不容易遇到一個人，我就拉住他，問他哪裏有需要幫助的人？」潘明水說，那個人叫西布西索・習莫林（Sibusiso Simelane）。當時他已喝醉，聽到陌生「白人」問他哪裏有人需要幫助，一邊試圖穩住自己的腳步，一邊在酒精壯膽下回答：「我啊！我很可憐，需要幫助！」

「你是很可憐，因爲你喝酒！」在黑人部落中，貿然對人發言是件危險的事，倘若遇上具權勢地位者，難保無性命之虞。但潘明水才不管這些，而如此直言竟意外獲得西布西索的好感。他帶著這群陌生訪客一戶戶探訪，而且都是眞正需要幫助的可憐人。潘明水事後才知道，西布西索是社區委員會的祕書。

「社區中有任何需要幫助的個案都會傳到我這裏，我再替他們修改上呈到政府單位，申請貧困補助。」西布西索說，史瓦濟蘭制度立意良好，無奈資金困窘，「別說急難或貧困的經費，就連明文規定每個月可以領到的老人津貼，都要等三個月才有資金發下來，卻領不足一個月的費用。」

「史瓦濟蘭窮人多，補助政策只是招牌，沒有實質作爲。我常常質疑，這份工作究竟有何意義？」西布西索告訴我，他對此狀況常感無奈，潘明水遇到他的那天，就是因爲如此才喝酒解愁。

那天，他帶著這群來自南非的志工，順著滿地垃圾的小路，來到七十歲的坦碧塔・希多蕾（Thabitha Sithole）家。舉步維艱的老奶奶照顧自己已有困難，還得照顧二十六歲的外孫女坦爹卡・希多蕾（Thandeka Sithole）。坦爹卡的狀況令衆人倒抽一口氣——身體枯瘦，扁平如板，僵硬的四肢呈不自然扭曲，肚腹胸膛部位猶如一條被扭轉過的毛巾。智能受損的她，只能發出語助詞般的單字音。

坦碧塔盡可能地照顧孫女，但三年前糖尿病與中風雙雙向她襲來，以致大、小便失禁，長臥在污穢的床鋪上。當志工踏入她的家，惡臭彷彿已經滲透入牆。

「我看這些人也沒帶什麼東西，等著看他們要怎麼去幫助這家人？」西布西索驚喜地說，那天眞是大開眼界，「祖魯族姊妹很快做出行動，一部分的人開始打掃，將被褥拿到屋外清洗晾曬，另外幾個人裝來清水爲祖孫兩人沐浴。」

「那天離開前我回頭一望，這是我認識這家人以來，唯一一次在他們臉上看見笑容。」

西布西索的感動與訝異，葛蕾蒂絲了然於心，十几年前她對兩手空空的潘明水口中所說的大愛，同樣抱持嗤之以鼻的態度，「漸漸的，我才明白愛的力量竟然可以如此強大。我們沒給愛滋病患藥物，透過照顧與關懷，逐漸紅潤臉色；我們沒有錢養孤兒，可是因爲滿心不捨，我們學會種植；手無寸鐵，但卻有勇氣抵禦長年來的征戰。這全都是因爲愛！」

我再一次想起葛蕾蒂絲對我說的——心中有愛，就不會是窮人。

行動可以撼動人心，西布西索親身體會後，決定加入這群祖魯族姊妹的行列；而莫琳．德拉米尼（Maureen Dlamini）會加入，則是因爲聽到布蘭達的故事。

「年輕時的布蘭達遭到嫂嫂陷害，受人性侵，當時她恨透了全世界。可

西布西索（左二）原是坐在辦公室處理貧困案件的專業人士，苦於國家沒有經費，無所作為。如今他走出辦公室，透過笑容與一顆溫暖的心，膚慰他人。

是在認識這群祖魯族姊妹後，她轉念了，在幫助別人時找到失去已久的快樂。當兄嫂雙雙往生，她甚至不計前嫌把孩子接來照顧。」莫琳說，布蘭達的人生中，布滿憤恨與對現實的無奈，跟以往的自己很像。

莫琳曾有一個非常幸福的家庭，夫妻兩人都擁有一份安定的工作，一間雖然不大卻溫馨的房子，三個孩子是他們生命中的天使。

「隨著國家經濟沒落，先生失去工作，開始借酒澆愁，因此罹患肝癌。」莫琳痛苦地回憶說，爲了籌措醫藥費，他們忍痛賣掉房子與車子，龐大的醫藥費花盡長年來的積蓄，最後病魔還是帶走丈夫的靈魂。

「才剛辦完丈夫的喪事，房東就要我們搬出去。可是我們能搬去哪？我們什麼都沒有了。」狠心的不只是房東，親戚、兄弟姊妹與鄰居對她的窘境，也都不聞不問。

萬念俱灰的莫琳，到雜貨店買了三顆強效殺蟲藥，心想：「我一顆，大兒子一顆，七歲的小兒子與三歲的小女兒只要半顆就夠了……」

莫琳回家後把三個孩子帶進連一件家具都沒有的房間，並要大兒子到廚房裝一杯水，望著兩個小孩，她心想：「寶貝，再過幾秒鐘，我們就可以結束一切苦難了。」

「要是藥效不夠強呢？」「要是他們都走了，我卻獨活呢？」好幾個念頭瞬間閃入她的腦海，莫琳被自己狠心的決定給嚇到了！

當大兒子把水端進來時，莫琳狼狽地衝去廁所，把三顆殺蟲藥丟進馬桶沖掉。

「我想和孩子們一起活下來。」在紛亂的思緒中，莫琳的腦海清晰浮現出這句話。

「聽說村子中有一個專門買賣牛羊的商人很熱心，我顧不得自尊馬上去找他。」莫琳的處境換得商人的助援，不僅毫無條件幫她租下房子，甚至還協助生活費與孩子的學費。

「這是一場及時雨，我的工作很穩定，一年之後就可以自立。」莫琳後來告訴商人，她已經可以自立不需要援助，他聽了非常開心，卻絕口不提要我歸還債務的事。」

這時，莫琳才體會到，原來世界不是全然的冷漠與現實。

現在，莫琳在一家臺商的工廠擔任祕書，年資累積出豐厚的薪資。當年

祖魯族婦女志工告訴我，跨出國際的第一步，還是得從分享愛的講座開始，「因為愛是啟發愛心的催化劑。」她們這麼說。

那一連串的打擊，如今只像是惡夢一場。

「當年我離開商人家時，發誓有朝一日一定也要助人一把。」莫琳將誓言牢記在心，這幾年也陸續幫助過鄰居與朋友，甚至收容一位智能障礙的孩子在家照顧。

「需要幫助的人太多，我很想找人一起做，但是整個國家九成以上都是窮人，我能找誰？」莫琳告訴我，她和祖魯族姊妹昨夜幾乎無眠，「我一直纏著她們分享經驗，聽到她們能照顧愛滋病患和孤兒很訝異，因爲光想就知道很花錢，可是她們卻只用愛就辦到這一切。」

我問莫琳，難道她眞的認爲愛能化解貧窮所帶來的阻礙嗎？貧窮的人眞的能夠去幫助別人嗎？

「祖魯族志工給我一個截然不同的思維。」莫琳溫和的語調中有一絲女強人的口氣，這股氣勢非商場風采，而是暖人的，「如果我僅有一條麵包，我會給沒得吃的人半條，這一天兩人都能活下來，活下來尋找希望。」

臺灣有一句俗語：「坐而言，不如起而行。」聽祖魯族志工講似乎很簡單，但看到她們做，你才能明白她們豐富的經驗所累積的智慧是多麼驚人。祖魯族志工來到史瓦濟蘭，不僅分享經驗與自身故事，也帶領當地志工親身訪貧，並把自己長年來助人的技巧，毫無保留地傳授給當地志工。

因爲工作的關係，我很常跟著志工到處訪貧，跟這群黑人志工出門訪視是很愉快的經驗，一路上她們合唱著歌，連續幾個小時唱下來，聲音卻愈來愈洪亮。

然而，今天來到第一個個案家門口前二十公尺時，祖魯族志工就要大家安靜下來。「那家十二歲的小孫女有精神障礙，很怕陌生人，我們的聲音會驚擾到她。」

這是一個由外公、外婆獨力扶養十二歲智能障礙孫女的家庭，可悲的並非是隔代教養。「她是輪暴下出生的孩子，七歲時愛滋病帶走她的母親。」葛蕾蒂絲愈說愈小聲，甚至把我拉到屋外的一角，「史瓦濟蘭的志工發現，社區的男人也會來輪暴小女孩，可是志工怕外公、外婆承受不了，不敢告訴他們。」

之前我曾告訴過你，這個國家人民的平均壽命之所以那麼低，源自於愛滋。這裏愛滋的蔓延原因與南非並無二致，性暴力是最大因素。

二〇一二年歡度聖誕節後的第一天，史瓦濟蘭恢復一條十九世紀的禁令，不准女性穿迷你裙或低腰牛仔褲這類暴露的服裝，以免助長性犯罪。警方發言人說，這類衣服容易讓男性興奮、性侵犯得逞，違者將處以十元美金或六個月有期徒刑。

令我匪夷所思的是，史瓦濟蘭國王恩史瓦帝三世在每年一次的選妃活動「蘆葦節」中，女孩們裸舞，僅用串珠勉強遮蔽重要部位，卻完全合法！甚至，他還曾帶著一群少女，以「上空」舞蹈迎接來訪的中華民國總統。

史瓦濟蘭女孩的社會地位，令人嘆息，這個十二歲智障少女的遭遇也令人心痛。「難道志工不能保護她嗎？」我問。

「當地志工大部分是女性，遇到社區那些男人也會害怕，她們是一籌莫展。」經驗豐富的葛蕾蒂絲馬上告訴當地志工，可以尋求社工協助，爲小女孩申請國家保護，她說：「我們在南非遇到這類個案都是這麼做的。」

一位當地志工立刻問葛蕾蒂絲：「聯絡社工後，我們還要做什麼呢？」

「我會跟你一起去，然後……」葛蕾蒂絲低聲給她一些建議，邊說邊離開我的身邊。

「如果遇到比較貪婪的基層社工，通常要賄賂才能使他們動員起來。史瓦濟蘭志工還有很長一段路要走，這是他們首先要克服的困境。」黃媽走來我身邊說，這類情形在非洲屢見不鮮，「祖魯族志工在社區活動多年，有口皆碑，現在甚至可以直接越過基層，向上通報，比以前好辦事多了。」

在非洲，不僅有賄賂的問題，也面臨社工嚴重不足的窘境。以南非為例，整個國家至少需要六萬六千名訓練有素的社工，但目前卻不到九千人，完全不足以負擔保護以及援助的使命，史瓦濟蘭的狀況只會更差。但也因此，更凸顯祖魯族志工的重要。

確實，這群祖魯族志工並不能為史瓦濟蘭建造道路，也沒有能力傳授農耕技巧，可是她們的國民外交卻不比一個國家差。

我看著莫琳與西布西索把握時間跟在祖魯族志工身旁學習，並召集他們

一路跟著我們從南非來到史瓦濟蘭的大米，是來自臺灣所捐贈的愛心。它們被頂在貧苦人家的頭上，雖是一分沈重負荷，卻也能溫暖他們的脾胃。

的鄰居朋友一起投入，或許今日史瓦濟蘭志工仍然不成熟，但幾年後，相信也會在這裏看到德本鄉村所擁有的——幸福果實。

第十九封信

不遠千里

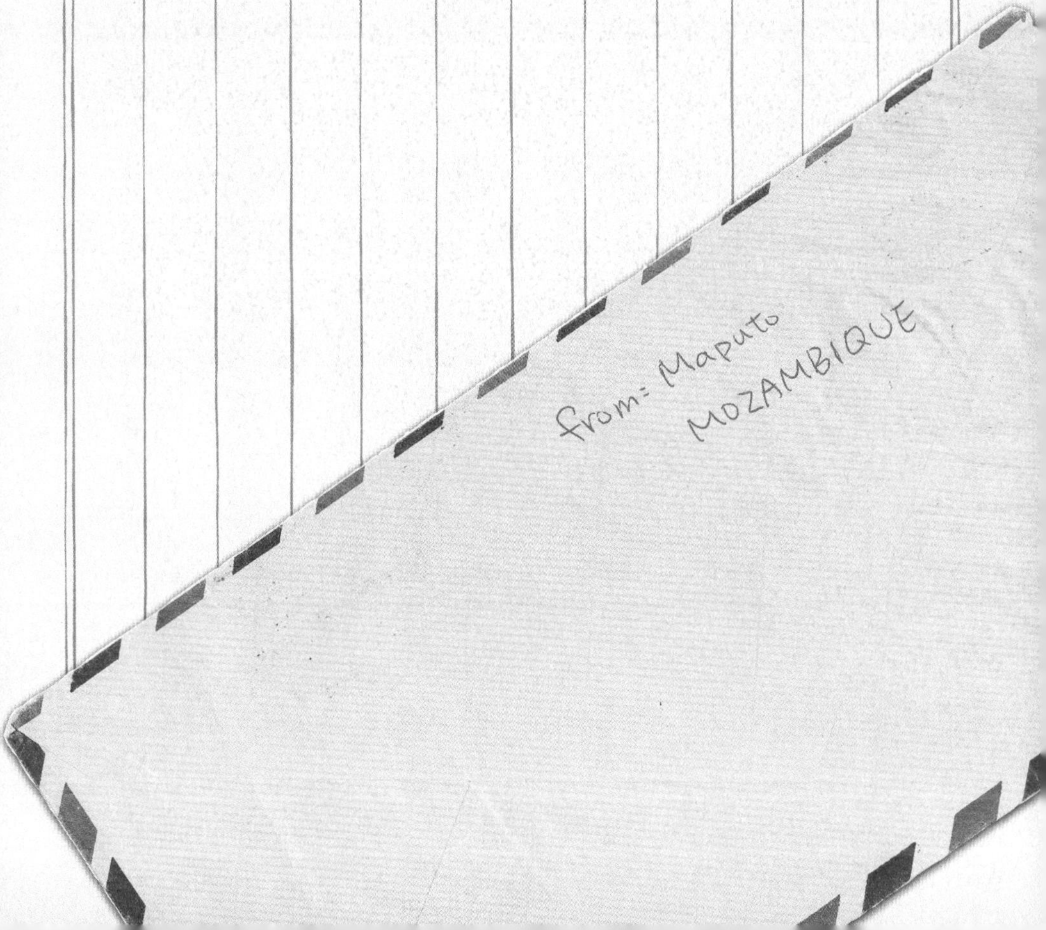
from: Maputo
MOZAMBIQUE

親愛的：

你認識君，要不是當年你逼我到鄰鎮就讀國中，我恐怕會就此錯過這麼貼心又善良的好朋友。

住在鄰鎮的她，是個體貼又成熟的女孩。高中畢業後，君回到自己家裏開的服飾店，半工半讀念完大學，之後就一直專心自家的服飾品牌。她孝順自己的父母，也孝順你。

君和我們家互動頻繁，節日不忘送禮，遇到天災也會給你打電話。每次我回南部，恰巧舅舅或哥哥不能來接我，也都由君開車接送。舅舅曾說：「她是一個很好的朋友，你一定要珍惜。」能獲得飽受歷練的你們所認同的人，就像蓋下一個國家認證的保證書。

二十六歲那年，君在百貨公司的專櫃爲我買下一只手錶，純白的不銹鋼錶帶，嵌著一個簡單俐落的圓形錶殼，鏡面是強化玻璃。

遞上這個我人生中第一只精品錶，君邊說：「本來也考慮買陶瓷錶帶給你，想到你常出差，容易碰撞，想想還是買不銹鋼的好。」這並不只是一份禮物，也是好友的一分體貼，「對你的工作而言，時間很重要。」她說。

這只錶我一直很珍惜，一直到現在都還戴著，左手腕的一圈白就像它的影子。

它從沒讓我失望過，除了到國外必須調整時差，幾年來不曾調過時間，相當準確地爲我的採訪工作規畫時光。可是它在非洲卻失靈了，不是壞掉，而是無用武之地。

非洲的臺商間流傳著一句話——「你有手錶，我有時間。」這句話適用任何一個非洲國家，包含莫三比克。

在史瓦濟蘭停留兩天後，我們在冷冽的清晨，啓程前往莫三比克。

這回在莫三比克的關卡等待比較久，因爲這裏不是我們的邦交國，我和攝影記者兩人必須辦理落地簽證。效率不高，簡單的簽證程序，就耗去兩個小時。

好不容易進入莫三比克首都馬布多，在車陣中塞了一個多小時，才抵達臨時住所。匪夷所思的是，這個時間是早上十一點，非上、下班時間。

我在塞車途中決定拿下手錶，在這個地方如果還在乎時間，恐怕會逼瘋個性急躁的自己。

以上是我對莫三比克的第一印象，我還知道這裏的瘧疾很嚴重，此外便對這個國家一無所知。

我想你對於莫三比克應該也是全然陌生，對臺灣人來說，莫三比克是一個遙遠的非洲國度，訊息貧乏，甚少登上國際新聞版面。

我們一行人住在一個遠嫁莫三比克的臺灣人的家，她名叫蔡岱霖。我坦白跟蔡岱霖說，我不怎麼認識莫三比克。

這個身材嬌小，有著一張娃娃臉的小女人，露出可愛的笑容安慰我：「這是應該的。第一次來到莫三比克時，我對這裏也一無所知，打電話到外交部，答覆也不是很清楚，只說十幾年前有臺商在這裏以砍伐森林、做木頭爲業。」

莫三比克境內平原多，土壤肥沃，雨量充足，但大部分土地都沒有開發；莫三比克有兩千七百四十公里的海岸線，漁業發達，但因爲捕魚設備簡陋，難以發展遠洋漁業；莫三比克礦產豐富，卻很少開發；莫三比克的工業正在起步階段，以輕工業爲主。

莫三比克被聯合國列爲最不發達國家之一，蔡岱霖也說它是十大窮國之一。可是你知道嗎？這裏的物價是南非的一點五至兩倍！

南非的物價並不低，甚至比臺灣還要高昂，我在南非的超市買東西時，腦中時常疑惑，「這裏的黑人到底都是怎麼過活的？」舉例來說好了，這裏的油價一公升要四十二元，臺灣最高不過三十七元。

那莫三比克豈不更慘？「臺灣一串好一點的抽取式衛生紙大約要一百多元，這裏一串要三百多莫幣，莫幣與新臺幣的匯率幾乎是一比一。」蔡岱霖端著黑糖薑茶，一口一口輕啜著，此時的非洲南部已入冬，夜晚冷冽。

「我們家並不奢侈，但是一個月的平均花費，十多萬莫幣很正常。」蔡岱霖的先生是本地人，也是莫三比克僅有的兩、三百位博士學歷中最年輕的一位，工作相對順遂，薪資也高。

然而，大部分的莫三比克人幾乎都處在金字塔底端，「我們家傭人一個月薪水是兩千五百莫幣，外面都給兩千。我常看著她們，心裏很佩服，在這種高物價的社會中，她們是怎麼存活的？」

「爲什麼莫三比克這麼窮，物價卻這麼高？」面對我的驚呼，蔡岱霖輕嘆口氣，「前幾年，莫三比克發現世界前三大的煤礦與天然氣。隨著國外投資客不斷地湧入，物價變相高漲，我家的租金在二〇〇八年是一千兩百美元，二〇一一年瞬間漲到四千美元。」

你我都是臺灣基層的一般公民，都了解礦場屬於國家與商人的財富，與人民沒有太大關係。

面對礦產所帶來的通貨膨脹，長年飽受內戰與自然災害所帶來的貧窮，莫三比克人民只能感嘆世道不公，他們都說，發現煤礦與天然氣，眞不知是幸運還是詛咒？

我在非洲南部沒有看到像北非的饑荒畫面，貧窮卻比比皆是。

莫三比克的貧富差距比南非還要大，蔡岱霖的住家，隔一條街是大使館林立之處，總統府也在這裏，可是同一條街再往前開五公里，卻是鐵皮雜建的貧民區。

這是馬夏奇尼社區的幼兒園，相當克難。

從一棟房子三百萬美元、一間房間一千美元租金，來到長滿鏽斑的鐵皮屋區時，不禁想問，這個世界到底是怎麼了？

這個貧民區叫做馬夏奇尼，是祖魯族志工來的時候主要探訪的社區。

我們拜訪一個獨居在鐵皮小屋內的爺爺。老人家在晚年確診罹患愛滋病後，老伴與子女棄他而去，隨著病情愈來愈嚴重，逐漸不良於行。我們走入無窗而晦暗的室內，家用品散落一地，殘壞的家具毫無章法地隨意擺放，惡臭難聞，老人家形容枯槁地蜷縮在污穢的床上。

由蔡岱霖所帶領的莫三比克當地志工全都傻住了，不知道該怎麼辦？

天主教教宗方濟各曾說：「當我們做重大決策時，女性才幹是必須的。我能活著就是修女的功勞，當我因感染住院時，值班修女不顧醫師指示，將盤尼西林加倍，因爲她整天看護病人，知道怎麼做。」

祖魯族女人不是教宗身邊的修女，但十九年來的訪貧經驗使她們千錘百銖，一反莫三比克志工不知所措的模樣，她們很快就決定將屋內的所有東西搬出去，並為老人修剪指甲、頭髮以及淨身。

當葛蕾蒂絲在為老人剪指甲，鐸拉蕾看著從屋內搬出來的家用品和衣服，決定全數丟棄。

「家具幾乎都毀損不堪使用，衣服全沾滿乾掉的大、小便，洗不乾淨。」鐸拉蕾邊說，邊將這些東西堆到戶外一角，除了一組木製架子，「這個還可以用，擦乾淨就好。」

「把這些東西全丟掉，老人家就一無所有了。」我問黃媽：「莫三比克的志工，只有蔡岱霖比較沒有經濟壓力，其他十來位當地志工，除了一個在幫人家洗衣服，一個擺小攤做生意，其他人大多只能做些臨時小工。怎麼為老人家添購衣物與家具呢？」

話才剛說完，就見布蘭達領著幾個人走出巷弄。

「布蘭達要帶他們去跟街坊鄰居募物資。」長年一同下鄉訪貧的黃媽告訴我，十九年來，祖魯族志工從未從她或是潘明水身上獲得任何的金錢援助，之所以能在貧窮中照養貧窮，絕對不是只有愛而已，還需要有帶動人心

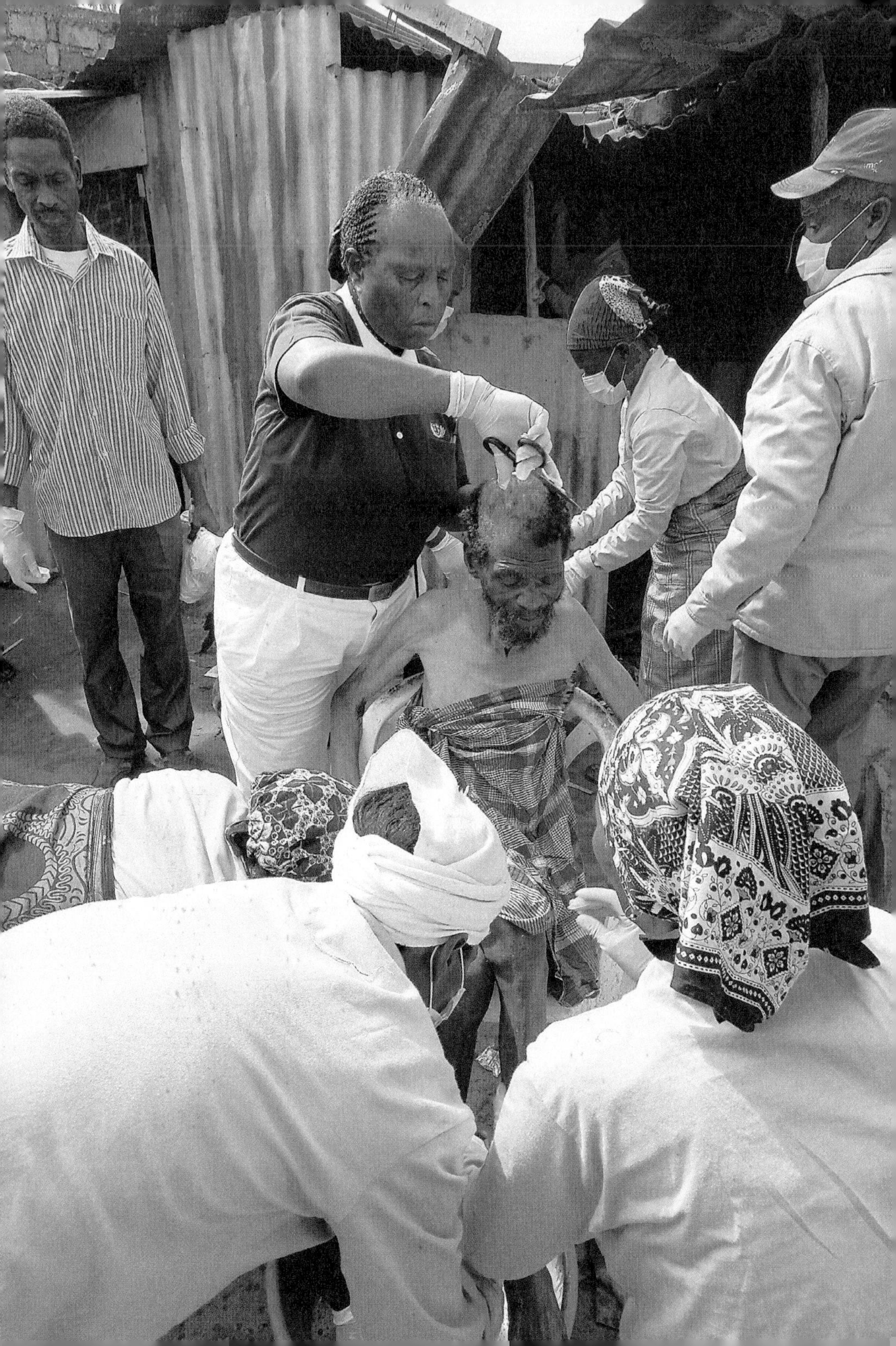

的方法，「他們向鄰居募集毯子、衣服或是食物的過程中，一定會遭受拒絕，但也會有收穫。」

眼見馬夏奇尼的狀況，蔡岱霖曾想：「市區就這樣子了，遑論郊區。是不是先從郊區做起呢？」但潘明水卻肯定地告訴她：「要從離自己較近的社區開始，這樣才能做得長久，不會因爲路程遙遠而疏漏，能更完善地去照顧他們。」

「祖魯族志工眞的教會我們很多。」一直站在我身旁的蔡岱霖表示：「行善是需要經驗與技巧的，慶幸的是，我們有老師專門傳授，無需從碰撞中學起。」

面對普遍貧窮的莫三比克，蔡岱霖曾苦惱地問潘明水：「怎麼辦？該怎麼幫？」

潘明水不正面回答問題，一一列舉這群德本國際志工的人生故事——葛蕾蒂絲先生不僅外遇，還打算放火燒死她跟孩子；布蘭達遭到性暴力，滿懷恨意度過分秒的日子；碧翠絲面臨兩次嚴重車禍，被醫師宣告下半生必須在床上度過；裘依絲．恩寇希（Joyce Nkosi）的先生中風，必須長年服藥，家裏

莫三比克志工鼓足很大勇氣，才敢幫老人清洗腳趾。葛蕾蒂絲（中）同理地表示：「我以前也是這樣，這需要時間與經驗。」

不時面臨斷炊之虞，卻仍咬牙供養社區孤兒……她們遭遇的苦難不盡相同，唯貧窮是共同連結。

「於是我告訴馬夏奇尼社區的人，這群志工與他們來自相同背景，但不遠千里而來是爲什麼？就是要告訴我們要去愛身邊的人。她們是活生生的例子，原來貧窮也可以生活得如此平安靜好。」蔡岱霖說。

蔡岱霖看到的是祖魯族志工呈現出來的果決與無形的能量，但其實要走上國際，她們也必須克服重重困難。

「幾年前，麥可就要我們學開車。」葛蕾蒂絲如今回想，才了解這是一幅多麼深思熟慮的藍圖，「當時我們都想，德本鄉間小路又不好開車，而且我們都是關懷自己的社區，步行就可以抵達，爲何需要學開車？」

德本國際志工小組之所以成立，都是被潘明水給「設計」的，但潘明水很聰明，一開始並沒有給她們更進一步的解釋。祖魯族志工們也就這麼帶著疑惑，半推半就地去學開車。

「也不看看我們都是幾歲的人了，光是第一關筆試就考倒九成的人。」六十一歲的葛蕾蒂絲跟我解釋，以往南非駕照筆試是用手寫的，近年來以電腦取代，「我們這群老人家不曾碰過電腦，常常一按就跳到下一頁，手忙腳亂的，根本無法好好回答問題。」

筆試就已經難倒大家，路考更近乎是不可能的任務，他們沒有錢可以上補習班，也沒有車可以學習，「好不容易借到車，總是歪歪斜斜地開去撞牆。」目前德本國際志工九人小組裏，只有布蘭達和葛蕾蒂絲通過筆試，拿到學習駕照。

二〇一二年，從潘明水口中得知要成立德本國際志工小組，早已經習慣他不按牌理出牌的葛蕾蒂絲，還是閃過一絲訝異，「這個人究竟都在想些什麼？可是我們也不跟他多辯，長年經驗告訴大家，瘋狂的念頭還是能實踐的。」

一開始只到史瓦濟蘭，史瓦濟蘭人原屬班圖族的一支，由於祖魯語也是由班圖語演變而成，溝通上沒有困難。走入陌生的社區，找出志工與貧戶，對他們來說，也不是艱難的考驗。

可是到了莫三比克，終於考倒這群祖魯族女人。

莫三比克曾是葡萄牙人在非洲南部的殖民地之一，如今葡萄牙語仍是官方語言。祖魯族志工必須尋找能夠以英文對談的人幫忙翻譯，這部分蔡岱霖還能幫得上忙，「可是對於年紀較長、沒受過教育的人，英文是行不通的，還是得用他們自己的語言才能溝通。」

在莫三比克這兩天，志工在村莊裏舉辦愛灑活動。所謂愛灑，其實就像是一場分享的講座，透過分享行善與愛人，啓發聽者的善心，並鼓勵付諸行動。當年潘明水在大樹下扯著嗓子對祖魯族人分享，就是一種愛灑。

愛灑活動上，祖魯族志工以英文先說一遍，莫三比克志工再翻譯成葡萄牙語，第二位莫三比克志工再翻譯成當地語言。很費時，但是收穫卻不錯，配合投影片的介紹，在場村民無不心神專注地傾聽。

祖魯族志工克服重重困難，踏上國際之路，也在兩國帶動出不少有心人。然而這幾日貼身觀察，我發現替貧戶打掃與沐浴的，幾乎都是祖魯族志工，史瓦濟蘭與莫三比克的志工大多因爲髒臭或怕染上疾病而畏手畏腳，有人甚至坦白說：「我不敢做。」

「這該怎麼辦呢？」我問葛蕾蒂絲。

「想當年我們也跟他們一樣。」葛蕾蒂絲拍拍我的背，另一手舉起一隻大拇指指向自己，說：「看看我現在是什麼樣子，他們以後也行。當年麥可以心帶心，我們也必須依循此法，有朝一日，這兩個國家的志工沒有我們也能自立。」

看著信誓旦旦的葛蕾蒂絲，我想起近年來積極參與城市建築討論的臺灣建築師龔書章。曾有人問他有沒有規畫未來的藍圖，他坦率地說：「未來是什麼？不曉得，」他的句點沒有落在這裏，繼續說：「但我一直on the road，沒有走歪路，還在自己想要的道路上。」

蔡岱霖說，認識這群祖魯族姊妹眞的好幸運。她在二〇一二年三月底電話聯絡上潘明水，七月到德本參加本土幹部研習會，才初次見到這群祖魯族志工，這個緣分可是她自己爭取來的。

「二〇一二年我回臺灣過農曆年，有一位長輩朋友是慈濟志工，知道我在非洲，於是給我一本書，裏頭全是慈濟志工在南非的善行。」蔡岱霖把書帶回莫三比克，卻從未翻過它。

蔡岱霖的先生之前在政府單位工作，一天莫三比克總理告訴他們，希望可以推行婦女援助方案，需要意見。蔡岱霖心想，像這樣的社會援助，問慈濟志工最快。於是，她打電話回臺灣問這位長輩朋友，對方反問她：「上次我不是送你一本書嗎？看了沒？裏面就能告訴你該怎麼做。」

那本書終於被翻開了，也掀起蔡岱霖塵封已久的心願。

「從小我就很喜歡佛法，也曾想過要出家。」蔡岱霖笑說，十一歲時，她跟家人一起到佛光山玩，趁父母不注意，跑去找寺裏的師父表明出家心願，「當然是被退貨啊！師父說得父母簽名同意才行。」

喜歡親近佛法的蔡岱霖，一直都有助人的念頭，來到貧富懸殊的莫三比克更是強烈，卻找不到同路人。「看完那本書後，我很興奮，原來離我那麼近的南非，已經有人做出成績了。」她透過朋友，問到潘明水的電話，這在海外華人商圈裏並不困難。

只要簡單的設備、桌椅，無論戶外或室內，愛的分享隨時隨地都可以展開。

或許是上天想給她一些波折才能更顯珍貴，潘明水的手機怎麼打也打不通。原來那時潘明水正與德本國際志工前往史瓦濟蘭訪貧，由於手機沒有漫遊功能，那幾天索性就關機了。

「巧的是，那時候我在史瓦濟蘭反覆心想，德本國際志工的腳步不能只侷限在史瓦濟蘭，要再往不同的地方走去。」潘明水說，他曾透過扶輪社的人脈，取得非洲南部臨近國家扶輪社幹部名單，眼睛不好的他，窩在電腦前寫了封長長的電子郵件，還表示：「你們不需要準備什麼，我們會自己過去，只要提供一個有屋頂可以蔽雨的住所給我們就好。」

「結果呢？收到幾封回信？」我喜孜孜地問。

「一封都沒有。」潘明水帶著他慣有的調皮表情，笑瞇瞇地說。

我問他等了多久的時間。「不等，繼續我們的工作。他們沒興趣回信，理都不理。但我不會失望，因爲這是人之常情。」

蔡岱霖苦等數日，直到潘明水從史瓦濟蘭返回南非。他才剛踏入家門，打開手機電源，電話幾乎分秒不差地同時響起。一接起電話，一個興奮如孩子般的女性聲音傳來，「潘師兄，我找你找得好辛苦啊！」

潘明水的疑惑很快獲得解答，知道蔡岱霖想學習南非的行善理念並付諸行動，他內心堆滿快樂的泡泡，「竟有人主動送上門！」

潘明水與蔡岱霖兩人開始利用電腦的通訊軟體頻繁聯絡，通常都是蔡岱霖提出問題，潘明水指點迷津。幾個月過去，潘明水見時機成熟，便邀約蔡岱霖親自到南非一趟，看看他們是如何進行的。之後德本國際志工的腳步，也透過這樣的因緣走向莫三比克。

「我們在起步階段，需要透過觀摩學習才得以汲取經驗，剛好南非成立國際小組，可以每個月來我們這裏一次，真的是命運注定的安排。」蔡岱霖回憶這段過往，直呼幸運的笑臉，盈盈地像是個從襪子裏，拿出期待已久的驚喜禮物的孩子。我想起當初君送我那只手錶時，我的表情是不是也像她一樣地堆滿幸福？

夜裏，我將那只錶從行李袋取出並戴上，熟悉的腕間重量，我那一晚睡得特別地安心。

第二十封信

愛上莫三比克

親愛的：

臺南在清朝時是臺灣府的府城，雖然現在已經轉移至臺北，南部重鎮也由高雄取代，這個古樸的城市仍舊繁華，古與今融合得恰如其分，是你出生成長的地方。

以前外公跑遠洋，外婆出身名門，你小時候過得不錯。你時常洋洋得意地跟我說，你小時候都是穿皮鞋上學的。

出生在我們這個年代的孩子哪裏懂？聽你說的時候，只覺得穿皮鞋上學很俗氣，穿球鞋上學才酷。

後來聽爸說，他們小時候買了鞋捨不得穿，都將兩隻鞋的鞋帶打結，吊掛在脖子上，進校門時再穿上。這才明白你小時候過的生活原來很不一般。

因爲愛，你這樣的一個都會女子，嫁到普遍貧窮的小漁村時，內心有何感受？你和鄰居相處融洽，對於鄉村生活似乎頗自得其樂。但偶爾買不到想買的東西時，你也會抱怨：「北門眞的什麼都沒有，要跑到市區買，一趟路好遠。」

我一直想問你，你愛北門嗎？

北門僅有的娛樂是到廟埕前跟老人家下棋，晚上九點過後，商家住戶紛紛熄去光亮，準備進入夢鄉，在這裏步調不僅慢，也沒有什麼事好忙。每年的農曆年，從臺北返鄉的二舅一家，都會在初一過後就嚷著無聊。

我現在生活在臺北，有幾分鐘一班的便捷交通，看不完的藝文活動，要買什麼稀奇古怪的東西也不困難，可是還是深愛北門甚於臺北。

每隔一段時間，就要累積休假回趟北門，至少過上一個星期的慢活步調，我認爲這才是人過的生活，如果便利生活勢必得以快節奏擷取靈魂，人生不就太辛苦了？

離開莫三比克前一晚，我跟蔡岱霖天南地北地聊，聊到慢活。這個看似幹練的女人，對我的慢活執著非常認同。

「所以我才會愛上莫三比克呀！」她將雙腳舒服地盤在沙發上，抱著堅持在她懷中入睡的小女兒，笑吟吟地說著。

蔡岱霖第一次來莫三比克，是因爲她正考慮要不要與當時在臺灣念博士的莫三比克裔先生交往。

「我跟他說，我必須先來考察莫三比克的環境，才能決定是否要接受他的追求。」那年她已經三十一歲，對男女交往抱以慎重的態度，爲此規畫一個月的莫三比克之旅。

「我先生有一個朋友是莫三比克知名大學校長兼任國策顧問，我們到他家裏用餐，原本以爲排場會很大。結果只有簡單的四菜一湯，沒有過分裝飾，也沒有豪華食材，都是莫三比克一般家庭的傳統菜餚。我們吃飯、聊天、跳舞，從下午兩點到晚上九點，好快樂。」

蔡岱霖特別喜歡鄉下的村落，「這裏很純樸，人民也很快樂，見面就是吃飯、聊天，跟臺灣很像，步調卻慢很多。在莫三比克，我體驗到什麼叫做慢活。」

蔡岱霖與先生交往一年就決定步入結婚禮堂。原本打算一起在臺灣生活，先生卻意外地獲得莫三比克政府部門的工作，這是一份得來不易的工作，「我沒有考慮太多，因爲之前在莫三比克那一個月，我過得很愜意，我想自己會喜歡這個國家。」

馬夏奇尼社區內，有不少像這樣的蔬果小攤，大多是居民自種的農產。
除了番茄豔紅美麗外，由於沒有噴灑農藥，大多都長得醜醜爛爛的。

看著今日努力想爲莫三比克付出，且一再強調享受慢活步調的蔡岱霖，很難想像她曾恨過這個國度。

「我在莫三比克有一群朋友，每次聚會就是一起痛批這個國家的不是，罵完之後覺得心情眞好！」讓一向樂天的蔡岱霖如此扭曲心智的原因，竟然是因爲她過得太好！

蔡岱霖的先生在政府部門工作，認識不少高官顯要，時常被招待應酬。「我們出差時住的是總統套房，坐私人飛機，一餐至少三十萬新臺幣，開一瓶三萬的酒，卻不能吃完喝光，因爲那會顯得很俗氣。」她說，自己當時的生活在金字塔頂端，往往回到正常生活，看到的又是極端的貧窮。

「我小時候也是苦過來的。」蔡岱霖的家庭屬中產階級，母親擔任教職，父親是個老實的生意人，「因爲父親好朋友的背棄，我們家宣布破產兩次。父親所有的希望與夢想隨著痛心變質爲癌細胞，他在第二次破產後檢查出罹患肝癌，從發現病情到離開僅短短二十三天，那年他才四十六歲。」

蔡岱霖決定犧牲自己的學業出社會工作，供弟弟完成學業。她長年在臺灣與中國兩邊跑，忙得沒有喘息的空間，終於有了一筆小小的儲蓄，打算回校園補足失學的缺憾，人情冷暖卻在此時撲向她。「親戚開始來跟我要錢，他們說：「『你可以出國留學代表有錢了，當時你父親欠我們的錢有能力還了吧？』」

被錢苦苦追趕的蔡岱霖，一心只想追求簡單而平靜的日子。好不容易在莫三比克找到心所嚮往的生活，卻世事難料。隨著先生在工作上愈來愈被器重，蔡岱霖鬱悶的心情就更加沈重。因爲這跟她原本期待的生活落差太多。

「每天我要爲應酬梳妝打扮，痛苦地參與一頓並不值得享受的奢華大餐，同時也看到貧窮在身旁徘徊。我曾窮過、苦過，對這種毫無意義的奢侈感到相當氣憤，那不是我要的，會腐蝕人心。」一度，她下定決心切斷與丈夫的法律關係。

「行善，讓我的思維截然不同。」蔡岱霖說，這個念頭並不是遇到祖魯族姊妹才有的，「年輕的時候，我就親身體會過了。」

她曾和兩個朋友一起到臺灣山區部落教孩子英文、數學以及電腦；也到過少年觀護所協助做心靈輔導；並定期匯款到財團法人臺灣兒童暨家庭扶助基金會認養小孩。「做這些事情，雖然花費很多時間，也要付出金錢，但是我很快樂。」

那分快樂，讓蔡岱霖在失去父親與家裏負債的苦痛中，抓到了救贖的浮板。在婚姻亮起紅燈之際，她萬萬沒想到，助人的快樂會再一次拯救她亂了序的生活。

和潘明水聯繫上後，那幾個月蔡岱霖忙著將腦海裏的行善疑問全盤傾出。當潘明水開口邀請她到德本觀摩時，她開心極了，忙著將行李打包。此時，女兒卻發燒了。

「不要擔心這裏，我會照顧。」先生鼓勵著蔡岱霖，因爲這幾個月來他發現笑容重新爬回太太可愛的臉龐，即使他不是很清楚爲什麼，但還是說：「我會支持你，不管你要做什麼。」

下半身萎縮的露蒂絲，幾乎以爬行替代行走，蔡岱霖為她取了一個很美的別稱——美人魚。

蔡岱霖去了一趟德本，三天的觀摩讓她更有衝勁，未知的害怕也相對倍增，「怎麼做？我會怕。」

「你一個月有沒有一天的時間？」潘明水問。

「當然有。」

「那我們去找你，教你怎麼做。」

二〇一二年八月，德本國際志工抵達莫三比克。

起初由蔡岱霖在自家招待，但幾個小時後來到馬夏奇尼，祖魯族志工卻反客爲主，掌握主控權，「我完全不知道該怎麼做，只能像孩子一樣跟在她們身邊。」

她就是在那個時候認識露蒂絲．蔻紗（Lurdes Cossa）的。

第一次見到露蒂絲是在馬夏奇尼的路邊，祖魯族志工見這個婦女窩在一個火爐邊，正將炒好的花生分裝在塑膠袋內，然後就著火爐熱熔塑膠袋，捏緊封口。

小包一袋三元莫幣，大的五元。吸引志工目光的不只是露蒂絲的手藝，還有她扭曲變形的雙腳。露蒂絲說，她也不知道發生什麼事情，十五歲發病後雙腳逐漸萎縮無力，隨著年歲愈大情況愈糟，現年三十歲的她只能以爬行代替行走。

「志工馬上跟她聊了起來，了解露蒂絲的先生整日無所事事，家裏就靠著賣這些花生的所得吃飯，並養育三個孩子。」最讓蔡岱霖佩服的是，露蒂絲即使面臨身體殘缺與困頓家計，卻相當開朗樂觀，「看著她、聽著她的人生故事，我突然覺得過往的自己很幼稚，竟然只是爲了不想過奢侈的生活就要跟先生離婚。」

那天回家後，蔡岱霖抱著先生，誠懇地對他說：「謝謝你。」

「我依然不喜歡過應酬的生活。」蔡岱霖表示：「但能擁有這樣的生活應該要珍惜，也不再輕易破壞與先生的緣分，尤其他是這麼努力與不凡的一個人。」

「其實我打從心底敬佩著他。」蔡岱霖笑說，夫妻之間說敬佩好像很奇怪，但這分情感確實油然而生，「他是在像馬夏奇尼這樣的地方出生成長的，中間靠著到城市打拚的哥哥拉他一把，後來靠著自己半工半讀與努力，才爬到現在這個人人稱羡的位置。」

在黑人婦女旁邊，蔡岱霖看起來就像個孩子，但她想為貧困社區付出的那分心，偉大得像巨人。

對太太全心投入貧民關懷，他自然是頭號支持者。蔡岱霖的笑容裏有甜蜜，「如果再抱怨，我就太超過了。」

那天，與蔡岱霖聊到凌晨一點都還捨不得睡。三個多小時後，我們珍重道別。

回程車上少去六十包白米，那些白米被留在史瓦濟蘭和莫三比克的貧戶家裏，也讓自己好坐得多。蔡岱霖在清空內心對上層社會應酬的不滿時，想必也是同樣的好心情吧！

我離開了這個愛上莫三比克的小女人時，突然好想問你，你愛北門嗎？是從什麼時候開始的呢？

第二十一封信

王冠上的失落寶石

親愛的：

上次我回去，正好遇到大盤商來送貨，你一邊看著估價單，一邊叨念著：「現在生意愈來愈難做了，以前每天多少還能賺到一些，現在卻有時間抓蚊子。」

根據行政院主計處二〇一三年八月的統計，臺灣目前的失業率是百分之四點三三。一九七〇年代，臺灣經濟迅速發展，與日本、南韓、新加坡一起被譽為「亞洲四小龍」，過去的榮景已隨著年歲失去光彩，失業率更高於其他三國。

因為不景氣的經濟，這幾年甚至流行起一種新興假期──「無薪假」。企業主縮減勞工工時，且不支付薪水，這讓上班族再也不敢聽到放假就放鞭炮，或開心地計畫旅行玩樂。

這幾個星期，油電價雙漲，不僅如此，麵粉、雞蛋、蔬菜、食用油，生活一切通通喊漲。

一位年屆五十的朋友就曾訴苦說：「現在的臺灣到底是怎麼了？物價

漲，薪水卻喊凍，時代愈進步，人們對於愈來愈便捷的生活，不是應該愈感愉快嗎？我卻覺得年輕時拿著B B call打拚，過得比現在還好呢！」

我回他：「是啊！我也很懷念小時候那一支三元的棒棒冰，一折兩段的那種，現在零售一支竟然要賣到十元！不就是水跟糖混和，再加點七彩色素而已嗎？」

其實對比世界強國，臺灣的失業率還不算太高。英國是百分之七點七，美國是百分之七點三，德國也有百分之五點三，但這些數字若與辛巴威共和國相比，眞是小巫見大巫，這個國度的失業率竟高達百分之八十呢！

結束南非的採訪，我們轉往辛巴威。

辛巴威和南非一樣，也曾受英國殖民統治，直到一九八〇年才獨立建國。肥沃的土地與大量的農、礦產，讓它擁有「英國王冠上的寶石」之稱。不若南非黑人掌權後的紛亂，甫獨立的辛巴威政經穩定，大多沿襲殖民時期的政策，人民富足且安樂，但僅至二〇〇〇年。

是什麼原因讓繁榮景象變了調？或許從辛巴威的國歌中，可以獲得一些端倪。

一九八〇年辛巴威獨立之初，選擇〈上帝保佑非洲〉做爲國歌，到了一九九四年，經過全國競賽選拔，新的辛巴威國歌〈神聖的辛巴威土地〉在這個國度開始傳唱著。

第一段是這麼唱的——

啊！高高舉起辛巴威的旗幟，
自由獲得勝利的象徵；
為我們犧牲的英雄而自豪，
誓將敵人趕出我們的土地；
上帝將保佑我們的土地。

這不僅是歌詞而已，二〇〇〇年辛巴威政府開始強制執行——誓將敵人趕出我們的土地。

辛巴威政府以白人所持有的土地，是在殖民時代從黑人原居民手中非法

如此神奇的堆疊石柱，在辛巴威很多地方都能見得到，看似搖搖欲墜，當地人卻說他們歷經好幾代，都沒見過石頭掉下來。

取得爲由，進行強制性的土地改革，沒收白人大部分土地，此舉不僅造成境內大量擁有技術性的白人農民出走，更引起國際間極大的異議，以經濟制裁箝制辛巴威。

網路或是書面中所查到的資料大多都是這麼說的。

來此，我們借住在臺商朱金財的家，他從一九九五年就在辛巴威定居，對這段現代歷史理應清楚明白，我問他是不是這麼一回事？

他嘆了一口氣，直說不得不爲辛巴威政府說說話，「辛巴威有三十九萬平方公里，卻有百分之九十的土地，掌握在四百五十七戶的白人手中，這合理嗎？」

他進一步解釋，獨立之初，辛巴威政府與英國政府曾有過協商，給予二十年緩衝期，白人地主可以自選原有的百分之十五土地留下，其餘釋出，「二十年過去了，大部分地主並不同意這項約定，政府只好強制徵收。」

土地改革政策臺灣也曾執行過，但手法溫和許多。

一九五一年，臺灣首先施行「公地放領」，將公有土地放領給現耕農，只要按照程序申請承領，並在規定期限內繳清地價，承領人就可以取得土地所有權。

公有地僅是大片農地的一部分，早年臺灣土地大多掌握在少數地主手中，無自耕地的農民只得向地主承租，經常得忍受無故調漲佃租之苦。爲了扶植自耕農民，政府從地主、祭祀公業、宗教團體手中，以收購的方式徵收超過法令保留的耕地，開放自耕農申請承領購買。

雖然地主失去大片土地，但政府以收購取代無償徵收，社會脈動並沒有因此造成破壞，經濟體系仍以持穩的角度緩緩上升。

但辛巴威政府的強制手法，造成白人憤而離去，國際社會也對此表達強烈的不滿。朱金財說：「對歐美國家來說，強制從白人手中取得土地是非常野蠻的行爲，自然聯手對辛巴威發動經濟制裁。」

國際經濟制裁限制出、入口，長期積欠外債，使得國際貨幣基金組織也暫停對辛巴威的援助。短短九年內，辛巴威就締造惡性通貨膨脹全球居冠的紀錄。自一九八〇年脫離英國獨立，即穩坐元首之位的羅伯特·穆加貝（Robert Mugabe）的執政政府，更被和平基金會評爲「失敗國家」第四名。

辛巴威人喜好歌舞，開心的時候跳，難過的時候唱，遇到來訪客人也要舞上一段又一段。

一般物價水準在一個時期內，連續性地以相當幅度上漲，造成貨幣價值下降，就是通貨膨脹。

臺灣在第二次世界大戰過後，也曾面臨通貨膨脹的挑戰。太平洋戰爭末期，臺灣承購鉅額日本政府所發行的公債，埋下通貨膨脹的種子；第二次世界大戰後，國軍大量自中國轉進來臺，市場供給緊迫，成年人口遽增，嬰兒出生卻相對減少，仿若替臺灣灑下一把致命肥料，通膨的種子迅速發芽，一九四五年到一九五〇年間，物價指數就上漲二十一萬倍！

記得小時候曾在鄉土劇中看到一個劇情，描述在通貨膨脹的年代，臺灣爲了抑止通膨持續成長，政府對此採取幣制改革政策。這也是爲什麼我們手裏拿的現金被叫做新臺幣，而非臺幣。

劇情來到女主角拿著一捆臺幣，到銀行更換新臺幣後返家一景，母親急拉著她問：「換了多少錢回來？」那些錢是她們母女二人長年日夜不眠做手工賺來的，媽媽甚至還因此傷了眼，醫師囑咐若不趕緊動手術，恐怕得終生與黑暗相伴。

女主角晶瑩的淚珠滴落下來，換來的新臺幣捏在手心、藏在背後，但最後還是拿給媽媽看了。

母親一看，號啕大哭，「一捆錢啊！怎麼才換來薄薄的幾張紙呢？」

當時我才小學三、四年級，看到這一幕劇情，不禁回過頭問你：「這是假的吧？」

「真的，臺灣以前換幣的時候，一疊錢只能換幾張回來。」

到底是多少呢？你也不很清楚，畢竟一九四九年你也還沒出生。

四萬塊舊臺幣只能兌換一元新臺幣。我查到這筆數據時，很慶幸自己出生在安定的年代。

如果說當時臺灣人民是生活在地獄中，那麼通貨膨脹時期的辛巴威更是身陷煉獄。

辛巴威政府以大量印製的貨幣填補財政上的赤字，面額愈來愈誇張，從一億、一千億，甚至破兆！朱金財還記得，頭幾次換幣時的兌率，「第一次減三個零，一千元變一元，第二次索性減十個零，十億元變一元！這還是最好的時候，之後我就不想去記了，太可怕。」

我們常說「我一定要打破金氏世界記錄」，這代表的是光榮的挑戰與突破，但是辛巴威在二〇〇五年八月二十四日登上金氏世界記錄時，人民可一點也不想慶祝，因爲這一天辛巴威榮登上「全球最低賤的貨幣單位」金氏世界記錄。

辛巴威幣的傳奇沒有在此時劃下句點，最後它竟然發行全世界最大幣值面額一百兆！令人難以想像，在一九九三年以前，辛巴威最大面額的幣值也不過才二十元。

當年臺灣物價指數上漲二十一萬倍時，已令人望而怯之，但對比辛巴威幣來說還只是小意思。至二〇〇八年七月，辛巴威的通貨膨脹率已經來到百分之兩百三十一萬的驚人數字，即使一百兆剛發行的那天，也不過僅有三百美元的價值，隔個幾天，卻成了連一條麵包、一杯咖啡都買不起的廢鈔。

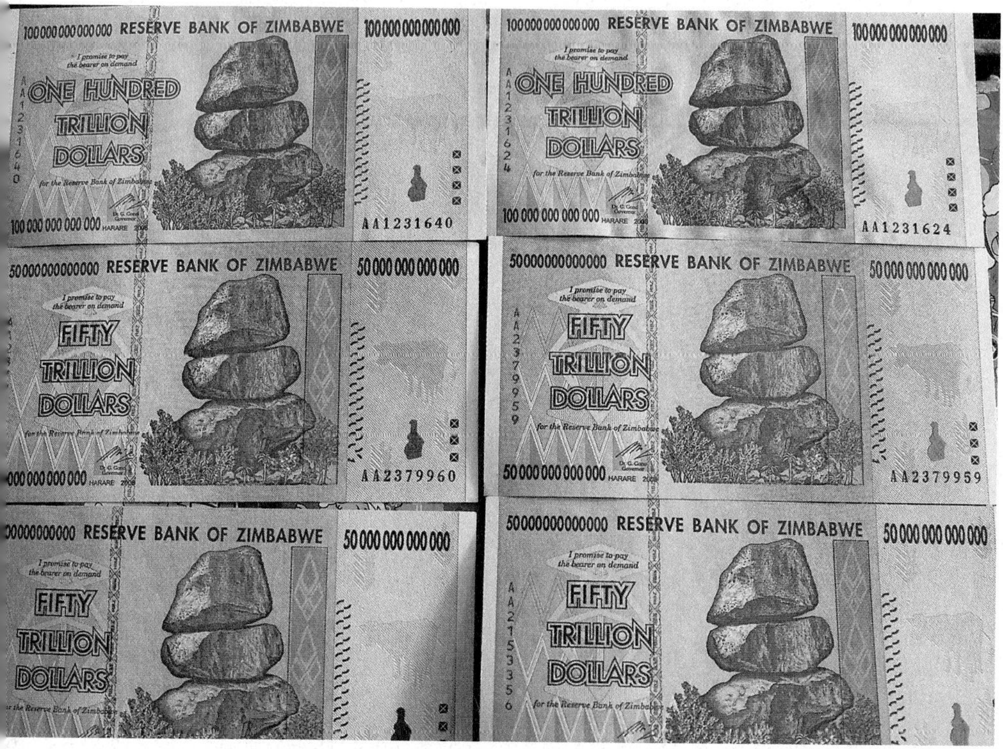

藍色那兩張面額一百兆的辛巴威幣已不能通用，市值不到一美元，不過在很多人眼裏仍是寶，畢竟它是世界上最大面額的鈔票。

一九八〇年，剛脫離英國殖民時期的第一代辛幣不僅與英鎊等值，一元辛幣還能兌換一點四七美元呢！

「當時每個人上街都要抱著一整袋的錢出門，不擔心被搶。」做雜貨店生意的朱金財笑說，辛幣根本不值錢，「客人買東西時，都是拿一整捆的錢直接交易，即使只是要買一支牙刷。」

「那你們數錢一定數得很辛苦吧？」拿整捆錢購物是一幅難解的景象，難不成商家都備有自動數鈔機？

朱金財看我的神情有一絲的憐憫，憐憫我的天真與無知，也摻著欣羨，羨慕我沒有歷經過這一切。「不用數，因爲每捆錢連銀行的封套都沒解開，一捆就是一百張。錢能廉價成這樣也是很難得。」

如果要你想像坐一趟公車的車資要兩千五百億元，大概就可以感受到通貨膨脹的可怕之處了。

辛巴威的通貨膨脹，被國際經濟學家評爲惡性通貨膨脹。惡性通貨膨脹指的是每個月物價上漲率超過百分之五十，且至少持續一年以上。

朱金財說，辛巴威的處境比惡性通貨膨脹的定義還要艱難。

「賣什麼都賠，因爲辛幣貶值的速度是以小時在計算，現在賣出去所收到的辛幣，一個小時後可能就一文不值。」這時的辛巴威商人便開始「開門不做生意」、「架上清空不補貨」的景象。

朱金財的太太李照琴負責看顧雜貨店，通貨膨脹最嚴重的那幾年，她每天都煩惱著該如何把手中的辛幣脫手，「如果一直沒有門路把辛幣換成美金或是外幣，晚上我們就出去吃大餐把錢花掉，不然明天這些錢就跟白紙沒兩樣，當時幾乎是天天上餐館吃飯呢！」

「什麼樣的人會想把珍貴的外幣換成辛幣呢？」我問。

「一些要立刻以辛幣做交易的人。」李照琴說：「可是並不是天天都有這樣的人。我們的人脈也要夠，才會有人來告訴我們誰要換辛幣。」

有政商關係人脈的人換外幣都需要碰運氣，遑論一般平民百姓。

辛幣無用武之地，掉在地上也沒人想撿，還有人拿來補破掉的窗戶，甚至在天冷的時候貼滿牆壁以求保暖。

「商人不做生意，人們不就買不到食物了嗎？」民以食爲天，能不能塡飽肚子的問題，我認爲很重要。

「這就是人類聰明的地方，總有方法讓自己活下去。」朱金財的笑容有一抹驕傲，但之後吐露的話語卻令人跌破眼鏡，「辛巴威人開始回到以物易物的原始交易狀態。拿雞蛋換牙膏，或是拿舊衣服換麵條。只要你同意我也需要，就能開心成交。」

李照琴端來泡好的中國茶，朱金財怕燙，緩慢地將唇靠近杯緣，喝了一小口，放下茶杯後，他爲「全球最低賤的貨幣單位」下了一個結語，「當時看到錢就怕！」

我們都笑了。

幾日後，我們開車要到朱金財開設在市區的雜貨店，途中經過加油站，我隨口問辛巴威的油價目前是多少？價錢我忘了，只記得比臺灣還貴，但接下來他們所陷入的回憶，卻令我印象深刻。

辛巴威不產石油，必須向國際購油，「國際石油以美金計價，可是當時無論是公營或私營的加油站，即使有門路，也都換不到足夠的美金向國際買油。加油站總是油量不足，甚至沒有油可以供應。」

李照琴笑說，常聽到哪一家有油了，定得趁夜排隊，「有時候好不容易排到，剛好被前一個客人加完最後一滴油，真的會氣死。」

忙碌時，他們也會請託店員幫忙排隊，「常常晚上等到白天都還沒排到，晚上我們要送毯子去，中午要給他們帶便當。」李照琴笑起來有很可愛的小梨窩，「現在想起來眞是有趣，但那時候只覺得日子過得眞苦。」

油少需求多，加油站會限制加油量，一次二十公升，再多沒有。即使油箱是滿的，聽到某加油站有油，還是會帶油桶去現場排隊，「出門時車上都要載著油桶，就怕開到一半回不來，也沒有油可以加。」

「沒油的加油站，比比皆是。」夫妻倆異口同聲地說，當時歇業最久的加油站，長達兩年無法營業。

這齣辛巴威幣的鬧劇持續了將近九年，二〇〇九年三月中旬，辛巴威財政部長滕達尹．比蒂（Tendai Biti）不得不對外坦承：「辛巴威幣已死亡。」並於四月宣布全面停用，正式宣布一個幣值的滅亡。

如今，辛巴威通行使用的貨幣是美金。

以前我總是疑惑，為何我們總稱美國的貨幣是美「金」？後來才知道，原來美金跟黃金一樣，都是國際的基準貨幣呢！

這幾年來出國採訪，兌換過不少幣值，美金大概是我所見過最漂亮、平整的貨幣了，總是乾淨如新，硬梆梆的。可是我在辛巴威開了眼界，這裏的美金不僅髒到險些看不出幣值，又溼又軟爛，有的甚至還差點一分為二，看了都很想拿起膠帶幫助鞏固，就像我那本字典。

「貨幣淘汰是基本的，像在臺灣，如果你手上的鈔票太破爛，就可以拿去銀行換一張。中央銀行會淘汰一些破損嚴重的鈔票，印製新的鈔票取代流通。」朱金財耐心地解釋，「但美金不是辛巴威的本國貨幣，因此也沒有回收的管道。」

你可知道為什麼大部分在辛巴威的美金都如此破爛嗎？

當我們來到朱金財的雜貨店，看著客來客往，收支出納，終於明白一二。

「辛巴威人習慣把美金長邊對折，再捲起來，然後藏在鞋底或內衣裏面；回家後，有人會藏在土裏、埋在草叢堆中。」李照琴邊說邊把一張臭烘烘的美金，拿到店後方的簡易廚房溫柔清洗，「就怕被偷。」

那天回家，朱金財從床底下拉出一箱辛巴威幣，大方地給我好一大疊，「給你拿回去當紀念品，已經絕版的錢喔！」我望著手中那疊錢，心想這可不是小時候玩紙上遊戲「大富翁」裏的假鈔，而是貨眞價實曾經流通市面的鈔票呢！

「這些錢該怎麼辦呢？」我拿起一捆捆連銀行封套都還沒拆的嶄新辛幣問著。

「廢紙。」朱金財很快回答。

「那銀行裏的錢呢？」

「凍結，連領都領不出來。」朱金財說：「通貨膨脹後期根本沒人敢與銀行往來，因爲存得進去還不見得領得出來。」

這時，李照琴走來送我一份大禮，是一張五十兆的辛巴威幣！

「一百兆的我只留三張，捨不得給你。」她不好意思地說。我卻如獲珍寶，「什麼話，光這張我就可以回臺灣買下整個臺北信義區了！」

在辛巴威，像這樣一張張烏黑溼爛的美金還算好，有些甚至已經無法辨識上頭的人像。

那夜，我將五十兆放在床邊的小桌子上，腦中回想白天聽朱金財夫婦所講述的通貨膨脹困境。我覺得自己來到一個很神奇的國度。

第二十二封信

被搶不如分享

親愛的：

麵包超人的創作者柳瀨嵩去世了。

啊，你可能不知道這個九十四歲的老爺爺吧？但你一定見過我窩在房間裏，看著這位老爺爺所畫的卡通。柳瀨嵩是一個日本漫畫家，快六十歲的時候創作出《麵包超人》。《麵包超人》從一九八八年由日本電視臺製作成動畫，二○○九年八月播出第一千集，是日本長壽的動畫節目，同時也是我們這一代臺灣孩子兒時的記憶。

麵包超人這個角色有幾近正圓形的淺棕色臉蛋，紅色的圓形鼻子與兩個圓形紅頰彩是他的正宗標記。柳瀨爺爺也同樣有著一張圓潤的臉龐。

我喜歡麵包超人，也喜歡他的創作者柳瀨爺爺。

這位老人家從小命運多舛，五歲時父親客死異鄉，七歲母親改嫁，二十幾歲被迫參加二次大戰，唯一的弟弟在戰爭中死亡。二戰結束，三十四歲的他決定以漫畫家的身分立足，但作品始終默默無聞。五十幾歲時，眼見年輕一輩的漫畫家紛紛成名，深感絕望與自卑。

爲了鼓舞自己從絕望的深淵中爬出來，柳瀨爺爺創作了一首詩，爲自己打氣——

在絕望的身旁
有個人
悄悄地蹲坐了下來
絕望
開口問坐在身旁的那個人
「你到底是誰呀？」
對方露出了笑容
「我的名字是希望。」

在你的呵護下，直至今日我的生活鮮少遇到大挫折，偶爾情緒受挫，我就會翻開隨身手帳，看一看柳瀨爺爺寫的打氣詩句。很有用，每當我闔上手帳時，心裏頭鼓鼓的，好像文字已經將希望打入我的胸腔。

我聽不懂日文，也不認識這位老人家，可是他就像是最忠誠的朋友，用他勵志的言語一再鼓舞著我。

聽到爺爺日前因爲心臟衰竭離世，我很難過。那麼巧，九十四歲，不也是外婆離開的年紀嗎？

外婆的喪禮吊掛的彩結與現場裝飾不是白色的，包含地毯、字牌都是過年才見得到的正紅色。你當時因爲悲慟而無法言語，我轉而將困惑拋向舅舅：「不是喪事嗎？爲什麼是用紅色的？」舅舅說：「因爲你奶奶已經活了九十四個年頭，這算是喜喪。」

兩旁辦喪的人家，左邊是粉紅色，華人有一句話是「七十古來稀」，能活到七十歲也算壽終正寢，可以用粉紅色來裝飾喪禮；右邊則是白色，應該才六十來歲或不足六十。聽說再年輕一點會用藍色。

日本辦喪的文化應該和臺灣不同，可是柳瀨爺爺一生歷經戰爭、挫敗與得失，晚年終於以麵包超人這個圓潤的可愛角色成名，我想九十四歲離世的他，應該也是帶笑的吧？他的喪禮也應該要是喜喪。

在辛巴威，我遇見了另一個柳瀨爺爺，只不過年輕許多。同樣也有一張圓潤臉龐的朱金財，今年才五十八歲，但他這一生所經歷的事情，與柳瀨爺爺一樣豐富多彩，並充滿苦痛與不堪。

和他相處的這段日子以來，聽了不少他個人的故事，除了歷經通貨膨脹之外，厄運彷彿是他的生命共同體。後來我忍不住跟他說：「你的好運似乎都有有效期限！」

一九八〇年左右，臺灣社會面臨經濟轉型，傳統加工產業沒落，大批臺商出走至工資低廉的國家，開闢產業第二春，紡織業是其一。

以前爸和二伯也曾一起經營小型的紡織工廠，我常到工廠去。轟隆聲響中襯著刺耳的吱啞聲，棉絮充斥在空氣中，我喜歡在白天到工廠，看著陽光從天窗射進的那束光裏的點點雪花，覺得自己好像童話故事中站在雪裏的公主。

可惜在我上小學前兩年，就沒機會再到工廠聞著棉絮那溫暖的味道了。臺灣經濟急速起飛，社會也跟著翻轉，紡織發展到了盡頭，技術層面無法再向上提升，訂單銳減，爸跟二伯撐不下去，把工廠關了。

有人說沒有所謂夕陽產業，因為在低度開發國家，那反而會是朝陽工業。因此，有別於結束產業的作法，一批人前往東南亞、中國，另一群人則遠度重洋抵達南半球的非洲拓荒。來非洲的臺商，大多選擇最富裕且有經商補助的南非作為投資據點，朱金財亦是其一。

經營毛衣成衣事業的朱金財出走較晚，一九八九年才來到南非，「當時南非針對外商的金融補助已經是末期，我根本沒被補助到。」朱金財說，自己不但沒有撈到好處，甚至也沒享幾年福，就遇到南非歷史上最關鍵的一年，一九九四年。

一九九四年四月二十七日，南非舉行第一次民主大選，黑人重掌政權。然而制度的瓦解只是法律與憲法上的更改，並非能從心靈與記憶中完全抹去，長期的壓抑、受辱與憤恨，再加上政黨的紛爭挑撥，大選後幾年，南非治安陷入黑暗期，居住在南非境內的非黑人族群，人人自危。

「槍殺搶劫不斷，我家離工廠有一段距離，每天一出家門就要煩惱到進門，生活分秒都在恐懼中。」考量妻兒的安全，朱金財開始尋覓出走之地。「當時非洲南部除了南非之外，最好的就是辛巴威。」

見一名婦女拉著一個可愛小女孩，朱金財忍不住把她抱了起來。幾天觀察下來，我覺得深愛孩子的他，有著一顆赤子之心。

眼見今日的辛巴威，很難想像朱金財口中所謂的最好二字。朱金財笑笑地說：「一九九五年的辛巴威跟今日恍若是兩個不同的國家。它是非洲識字率最高的國家，高達百分之九十一，所以這裏的人有理又溫和，素質很高，勤奮努力，工資卻只有南非的二分之一，也不像南非常常鬧著要罷工。」

朱金財所說的罷工，即使我在南非的日子不長，也曾見識過。

在南非這段時間，曾在某個地區，見到堆滿垃圾的大道，因爲罷工；也曾在鬧區見到一大群工人，手舞足蹈佔街頭，大聲訴求不滿。當地人告訴我，最嚴重的一次罷工行動是醫護人員，即使有心的醫護要進入醫院，也會被激烈分子趕出來，那段期間醫院不再運作，不少病患因此枉送生命。

南非的罷工率有多頻繁？有時候老闆才剛加完薪，員工看到隔壁工廠在罷工，也依樣畫葫蘆再罷一次工，一位臺商這樣形容，「那就像是你要我的手指，我已經給你手指了，你卻想把整隻手都拿去。」

我曾到臺商經營的汽車零件工廠進行採訪，與負責人王新契聊起罷工的問題。

「十個人以上就能組成工會，幾乎每家公司都有這樣的組織。工會的權力很大，只要一個命令，工廠就有可能全面停擺，雇主要賺錢，只好應允加薪。」王新契的公司卻從來沒發生過罷工事件，「我的薪資比工會制定的還要高、福利制度也更好，如果有人參加工會，ＯＫ，那我就給他工會制定的薪資。」

王新契經營的是一家頗具規模的大公司，薪水給付相當大器，但並非所有商人都有條件與心力這麼做。

罷工對你、我也產生影響。我從開普敦寄回來給你的明信片，直到我回臺灣它都還沒寄到，原本還以爲是郵差把它搞丟了，沒想到在寄出後快兩個月還是抵達你手中。爲什麼那麼久？開普敦的友人告訴我：「開普敦的郵局正在罷工。」

在高罷工率與人身安危的考量下，朱金財只來辛巴威一次，就決定整廠遷移。「總共十四個貨櫃，光是運費就要好幾百萬新臺幣，可是很快就賺回來了。」

辛巴威以農立國，百分之六十七的人都是農民，接下來是礦業，做生意的人並不多，國內也少有製成品，供給不平衡的狀況下，商人有利可圖，「成本一元的東西可以賣到三塊錢，你喊價多少就是多少。」

看準商機，朱金財不僅設廠繼續生產毛衣，也陸續在首都哈拉雷市區開設十二家商店，衣服、生活用品或是雜貨，什麼都賣。「當地的勞工很便宜，一個月工資七十美元，一週上班四十五個小時，又不囉唆。」

後來面臨中國低成本貨品打擊，逼得他關掉廠房，「我做一件衣服的成本是十五元，他們進口來賣一件才十元！很快的，辛巴威的輕工業幾乎關掉九成。」不過光靠著十二家店的批賣，財富仍是滾滾而來。

當一切順著軌道，愈走愈順之際，上天執意要捉弄朱金財。一九九七年底至一九九八年，辛巴威因為政黨因素，再加上工會愈發強勢，人民情緒受到煽擾，暴動四起，無辜的商家常面臨大舉掠奪，朱金財苦笑地說，「不知道爲什麼，每次暴動一定在我的商店附近。」

「每次聽到風聲，我和老婆、孩子以及孩子的朋友，就得連夜把店裏的東西搬回家中倉庫放。」朱金財表示，光是這樣來來回回就十幾趟，終究還是逃不過命運的安排，第一次被搶是一九九七年十二月初，一個半月後又被搶，「第三次被搶後，我出門會隨時帶著槍，而且一定上膛。」

如果說暴動是可以預期和防禦，做好萬全準備的朱金財，這盤棋可以說是卜得一敗塗地，空有智取卻未獲得幸運之神的垂憐，最終仍得面臨殘酷的敗仗。

最後一次被搶，是在他離開工廠二十分鐘後發生。「我永遠記得那一天是一九九八年八月十六日。什麼都被搬走，甚至連衣架、桌椅，能搬就搬，不該我的反而在裏面，一只拖鞋、催淚彈的殼，聽說還有小孩在暴動中被踩傷。」朱金財面露苦笑，自嘲地說：「還好沒有踩死，不然可能會多出幾具屍體吧。」

我跟你說，朱金財是個臉龐圓潤的男人，那我有沒有跟你說，他好愛笑，笑容似乎是黏在他的臉上似的。可是說到這段被搶的往事，他卻哽咽了，背著我默默地以衣袖揩乾淚。

短短九個月的時間，他被搶四次，每一次都是整家店被搬空，總計損失超過兩千萬新臺幣。努力大半輩子的積蓄，全進暴民的口袋，逼得他連發給工人的薪水都沒有。

辛巴威暴動訊息很快就登上國際新聞，遠在臺灣的岳父知道後，急切地撥電話過來，勸他將妻小帶回臺灣重新開始，保全一家性命最重要。經商的岳父甚至還跟他說：「你所有的損失，我都會付給你；你在那裏的財產也都不要處理了，價值多少，我一併給你，趕緊把我女兒跟孫子都帶回來！」

「算一算，累積約莫五千萬新臺幣，只要我點一個頭，買幾張機票，就好了。」

「你竟然拒絕？」坐在朱金財位於首都哈拉雷省的家裏，我很訝異他當初面對如此好的條件，卻不選擇一走了之。

柳瀨嵩曾說：「再怎麼說，困境不會連你的小命一起帶走的。像這樣厚臉皮地覺得『活著就好』的達觀態度，也是必要的呀！」但朱金財當時並非懷著達觀的態度，而是看不見也摸不到，卻難以救贖的自尊。

「當時我就好比是一隻受了傷的獅子。」朱金財這麼一段形容，說明當時的一切。這頭連戰鬥能力都被剝奪的獅子，全身上下僅存的，是無可救藥的驕傲自尊，他氣得對丈人大小聲，想都不想就回絕，「錢，我也有，只是現在手頭比較緊！」

安全疑慮不是沒想過，但他最擔憂的是三個小孩的教育問題，「最小的一歲就出國了，回臺灣只會跟不上教育，接著只能淪落到放牛班；情緒若難以轉折，慘的是放逐自己、當街頭混混，危害社會。」

作父母的都是這樣吧！我在南非採訪時，也曾問過當地的臺商，既然黑白對立的情形不見和緩，每天出門都得留意人身安全，爲何不回臺灣？南非好賺錢當然是一大因素，但另外一個讓他們甘之如飴地選擇繼續留下來，全都是因爲孩子。

南非和辛巴威一樣，都曾受過英國殖民，殖民撤離之後，教育制度沿襲。這裏的教育，在大學之前注重的是生活與運動，下午兩點就放學，課後與假日安排的大多是運動與旅行。臺灣填鴨式教育，在這裏的孩子不僅不能接受，也很難跟得上課程。

有一個年紀與我相仿的年輕人告訴我，他高中以前在南非接受教育，大學才回臺灣，「即使我每天熬夜念書，都比不過我那個成天打電動蹺課的室友。不是他特別聰明，而是臺灣小孩的背誦能力太強，他們從小就是這樣學習的。」

柳瀨爺爺在人生跌落谷底之際，漫畫家老前輩杉浦幸雄看不下去，便對垂頭喪氣的他說：「柳瀨老弟，雖然我不是不懂你的沮喪，但是人生啊，下一秒可能是你不知道的燦爛陽光喔！聽好，要是半途而廢的話，那就完蛋囉！」

人生的下一秒並非你不知道的黑暗，而是你不知道的陽光。

第四次被搶，朱金財的腦袋也被掏空了。盤旋在他腦中的只有疑慮，「為什麼事情是發生在我離開店二十分鐘後，二十分鐘很短，如果歹徒早

學生們手上的文具用品，是來自臺灣的愛心募集。辛巴威和臺灣相距遙遠，關懷拉近了彼此的距離。

TAIWAN BUDDHIST TZU CHI FOUNDATION

二十分鐘來，我一定毫不考慮就開槍。」朱金財思索多日，「這錯過的二十分鐘，我認爲是一個暗示。」

或許是見他太可憐，上天決定給朱金財一條生路。「有人要跟我買一臺成衣廠的機械，大約一萬美元，終於可以發薪水給工人。」

等待警察製作筆錄以及勘查暴動現場時，朱金財無事可做，見角落放著從臺灣帶來的佛教經書與錄音帶，他揮揮上頭陳積多年的灰塵，索性翻閱打發時間。經書中的一句話，就這樣注入朱金財被搶了四次而嚇到放空的腦海中——布施轉業障。

「今日如此，是我業障現前，那我就多做好事吧！」朱金財不僅有布施的念頭，另一方面他也在想，「這些錢、這些貨品若注定不是我的，那爲什麼要給歹徒，而不給那些更需要的人呢？」那時起，他決定替這個令他遍體鱗傷的國家點燃希望之火，開始訪貧行善的路。

朱金財講述出國打拚事業所遭遇的不順與挫折，淡定起頭，談到賺錢時的愉悅，到被搶時落下男兒淚，最後笑容還是爬上他的臉，在他說要多做好事的那當下。

一個人在辛巴威做慈善，朱金財並不孤單，身邊那群穿黃色背心的當地人，都是被他感動而投入協助。

我想起手帳中另一句柳瀨爺爺的生活智慧語，他說：「活下去，雖然是一件極其嚴苛的事情，但正因爲如此，所以才有喜悅。只要不放棄，人生的一切苦難都能迎刃而解。既然能活到今日，即使稍有苦痛，又何妨繼續活到明天呢！只要默默這麼做，前景自然會無比開闊。不論活到幾歲，都不應該捨棄人生。」

第二十三封信

糧水荒

親愛的：

要承認這點是很難爲情的，但我必須說我丟掉的食物可眞多。有冰在冰箱忘記吃而酸臭掉的食物，還有放到過期的食材，以及不合胃口的東西。說到底，都是因爲生在富裕的臺灣社會釀成的公主病。

「你會遭天打雷劈啊！」阿嬤那一代的人，如果知道我浪費那麼多食物，肯定會這麼說。

小時候，我在一本中國民間故事集看到雷神的故事，描述一個孝順的寡婦，盡心地服侍雙眼瞎盲的婆婆。一年大旱，田裏的稻禾乾枯而死，爲了讓婆婆吃到僅有的白飯，她三餐以絲瓜種子的湯裏腹，或以菜根、菜渣爲食。婆婆發現後內心不忍，想把白飯留給媳婦，跟她搶喝菜根湯，兩人拉扯的過程，菜根湯不小心濺出窗外。雷公剛好路過看見，以爲這個媳婦既不孝又浪費食物，於是興起一道雷把她給劈死。

掌管天神的玉皇大帝知道後非常生氣，命令雷公娶這位寡婦爲妻，「從此她就是雷母，會陪著你一起巡視民間。爲了怕你以後再劈錯人，以後打雷

訪視歸途，大家被一場無預警的大雨打溼全身，路面迅速積起水窪。朱金財笑著向狼狽不堪的我說：「你知道嗎？來辛巴威能淋到雨水，是一件很幸運的事。」

之前要請雷母先用寶鏡照亮大地。」這也是爲什麼聽到雷聲之前，會先看到閃電。

兒童故事若不充滿著幻想，也會是愉悅又勵志。雷神的故事是我小時候看的故事中最殘忍的一則。這則故事比「你不把飯吃乾淨，以後會嫁給麻子臉」還來得管用，我的碗裏是不會留下一粒米飯的，盛飯時把飯匙上的殘米刮在碗邊上的鍋巴，也會乖乖地吃得乾乾淨淨。

故事只能嚇止小孩，隨著成長吞噬無知，對白雪公主與聖誕老公公幻滅之際，其他的故事也一併被丟進腦中未被開發的黑洞中。

你知道嗎？一般人一生中只會運用百分之三或四的大腦功能，像阿爾伯特·愛因斯坦這樣一個聰明絕頂的天才科學家，他的大腦竟然也只開發了百分之七而已呢！

人類的大腦無法被百分之百地開發，或許這也是爲什麼，我們的腦袋很難全面記下事事項項，即使曾經親身經歷過也一樣。

不過一直到現在，我還是很怕打雷，也許雷神的故事還在腦海中的開發部位殘留著不肯褪去吧。

浪費食物，是我們這一代的孩子都曾做過的事，這樣的我們很難想像臺灣曾窮得需要接受美援。

一九五〇年代開始，美國提供千變萬化的援助給臺灣，包含金錢、技術、武器與技術人員等。

幾個世代過去，臺灣脫胎換骨，在二戰後國際一片哀鴻遍野的局面中，開創經濟奇蹟，並成爲亞洲四小龍之一。在平和的生活中，老一代像是在講虛構的故事一樣，對著我們回憶起美援時期所受的幫助，不過他們鮮少提及技術人員交流或是金錢援助，糧食的援助倒是滔滔不絕。

「誰能想到如今我們還可以輸出稻米到日本呢！」老人咯咯地笑著。他們這一輩的老人家算是幸運了，雖然年輕時經歷過戰爭與貧窮，至少在人生的最末段，還能有享受平穩生活的機會。

誰能想到我們竟然能從糧食進口國變成糧食輸出國呢？而誰又能想得到，一個曾被譽爲非洲糧倉的國家，竟然在短短幾年內，從糧食出產國變成進口國？

這個國家就是辛巴威。

臺灣耕者有其田實施結果，共徵收十萬六千多戶地主約十四萬甲的佃耕地，受惠十九萬四千餘戶佃農。制度的效果是正面的，自耕農擁有自己的土地後，提高生產意願，生產力大增，穩定糧食供給。隨著農業生產力增加，農民購買力提高，也帶動了臺灣的經濟體系。

但是辛巴威強制徵收土地，不僅爲他們帶來通貨膨脹的厄運，還換來境內白人大量出走，離去之際，白人憤而破壞所有灌溉系統，並且帶走、毀壞農業機械。

辛巴威曾是非洲最富裕的國家之一，土壤肥沃，若有適當的灌溉系統與技術，好收成不是問題。英國殖民時期，辛巴威耕地面積有三千多萬公頃，農業人口占全國百分之六十七，農業出口占全國出口收入三分之一，有「非洲糧倉」的美譽。如今卻有百分之八十的高失業率，全國被貧困的惡夢所包圍，而首當其衝就是缺糧危機。

土地重新配置結果，農民依舊無法取得耕地，接手的人大部分是沒有農業技術的軍眷與商人，加上沒有足夠的經費重整灌溉設施，天然氣候變遷作祟，農田開始荒蕪，以農立國的辛巴威經濟逐漸分崩離析。

二〇〇八年十一月，辛巴威幣廢止的前半年，由全球卸任政治領袖所組成的「耆老會」團員之一格拉薩．馬契爾表示：「辛巴威的危機超乎想像。總人口一千零二十萬人的辛巴威，今年十月需要仰賴聯合國和其他救援組織提供糧食的人數達兩百六十萬人，十一月將增加到四百九十萬，近一半的人口在明年一月急需糧食援助。」

通貨膨脹對朱金財來說未必沒有影響，只是並不大，「經商的關係，我還有換美金的門路，雖然不是每天有，也好過大部分沒有門路的人。辛巴威陷入以物易物的原始交易，但窮到連收成都沒有的人，拿什麼跟人家換？」通貨膨脹所帶來的缺糧危機，正好給了他一個行善的方向。

他開始在社區供食，一週一次，每週往不同的社區跑，「每次我都會買七百條麵包，大概可以供應三千多人食用。」朱金財說，他向麵包工廠買整條尚未裁切的土司，再將一條土司分切四塊，分配給前來領取的人。

「七百條切下來，板子上累積很多麵包屑，居民們都還很珍惜地回來排隊，拿盤子來裝這些麵包屑。」說起當年的食物援助，朱金財不禁皺起眉來，嚴肅且反覆地說著，「當初的情況相當嚴重，連首都也無可倖免。」

辛巴威首都同時也是該國最大城市哈拉雷，建於英國殖民時期。相傳哈拉雷這個名字，是辛巴威最大一支民族紹納族其中一位酋長的名字；酋長時時保持警戒，從不睡覺，富有鬥智克敵的氣概，因此哈拉雷在紹納語中，意爲「不眠之城」。但是飢餓卻讓哈拉雷的活力沈沈睡去。

沒有糧食生產、得靠外地補給的哈拉雷政府，擔心不肖商人牟取暴利，便限制糧食運輸量，規定一人只能帶二十公斤玉米粉進入市區。政策產生的影響一體兩面，即便有效阻攔不肖意圖，卻也讓已經無米之炊的民眾陷入絕糧窘境。

朱金財靠著長期經商的手腕與人脈，向外縣市的農政單位買到幾百包十公斤裝的玉米粉，他開著租來的卡車出城運載，「問題是回哈拉雷的路上，總計會遇到三個警察站。我帶著跟總統的合照，再發給每位警察一人一包玉米粉，就這樣通過了。」如果說，行善還需要運用到商場上的技巧，朱金財可是運用得淋漓盡致。

老人走在乾枯的玉米田中，他的臉像玉米一樣乾癟，身形也和作物一樣佝僂，這一幕看得我鼻酸。

除了大型的糧食發放，朱金財在週末帶著孩子出門旅行也不忘行善。他和太太有次開著車到三百公里外的地方旅遊，行前多買了幾條土司麵包放在車上備著，歸途見麵包還剩好幾條，看到路旁一群玩耍的小孩，索性把麵包分給他們，「本來才幾個孩子，很快就一群人圍過來要。」

李照琴說，他們之後固定每週開車到那附近的村莊玩，旅遊的最後行程就是發放麵包，「後來我們不只買麵包，還買糖果，他們都好喜歡看到我們那臺銀白色的車子到來。」

短短八年半，惡性通貨膨脹所造成的破壞力，讓辛巴威承受超過數十年的苦痛。

二〇〇九年以美金、南非幣取代辛幣流通交易，至今辛巴威仍然沒有度過財政危機。二〇一三年一月份才剛要結束時，更爆發出辛巴威國庫在支付完公務員的薪水後，只剩下兩百一十七美元。生活簡單的北門人若在辛巴威，恐怕全都成了比國家還要富有的人。

在這種情況下，辛巴威到處充斥著毀損，幾乎每一條道路都如波羅麵包般龜裂崎嶇，我在辛巴威的這十來天，見識到最平順的路只有一條，就是總統府前面那條路。

道路無力修繕只是其一，有天回家時，李照琴指著他們家巷口長到一人高的雜草說：「以前我們剛搬來的時候，每個星期都有人固定會來除雜草，整整齊齊，乾乾淨淨的，看現在都成了什麼樣子？」路邊雜草因無力聘人修剪而長至一人高；沒有經費向鄰國購買電力，某些地區一斷電就是半年；學校沒有資源，醫院沒有醫藥……繁不勝數，聽說連政府部門的電梯也常鬧罷工。

絕望的身旁就是希望，可是辛巴威在陷入通貨膨脹厄運時，烏雲重重罩頂，根本見不到半絲陽光，整個國家彷彿被投下數枚化學炸彈，毒氣滲透到每一個層面。其中，猶如瘟疫般因爲沒有錢改善進而影響民生、導致疾病的，就是水的問題。

「你們很幸運，在抵達的前幾個小時，水剛好也來了。」那天是五月十九日，朱金財的家終於可以扭開水龍頭就取得水了，「已經停水三個星期了，不知道這一次來可以撐多久？」他邊說邊接起水管，往各個空水桶注水，以備不時之需，「我算幸運的，有些地區一停就是好幾年。」

他跟我分析辛巴威停水的問題，主要還是來自財政危機，「供水系統年久失修，頻頻故障，政府沒錢可以修，導致各個水庫的儲水量驟降；即使有水，也必須淨化，可悲的是買淨化藥片的錢從哪裏來？」

雪上加霜的是，自殖民時期就裝設的自來水系統，因爲長年使用而毀損破裂，不幸與化糞池的污水混在一起，污染整個地下水系統，再加上政府沒有錢購買車輛與汽油，垃圾得不到即時處理，讓辛巴威在二〇〇八年爆發嚴重的霍亂，全國十省都受到不同程度的影響。

辛巴威過去也常發生小範圍的霍亂疫情，但都很快就平息下來。這次發生在通貨膨脹最嚴重的一年，大部分公共醫療機構由於藥品和設備匱乏而歇業，醫師與護理人員大量出走國際尋求生計，再加上沒有資金建設灌溉設施，糧食難以生產，聯合國世界糧食計畫署評估，超過一半以上人口需要糧食援助的辛巴威，人民長期處於飢餓狀態導致體質過弱。

這一切讓霍亂疫情一發不可收拾，感染率與死亡率一路攀升。自八月疫情發生到十二月，總計有近千人死亡、兩萬人遭受感染。

「霍亂會傳染，很快就走了，我聽過一個個案，從發病到往生，前後不到七個鐘頭。」朱金財說，要抑止霍亂，最快的方式就是提供居民淨水藥片，「但是政府實在太窮，沒有錢可以救人，國際制裁限制出、入口，導致國內的淨水藥片相當短缺，想買也買不到。」

「我也是透過關係，知道有一個地方有淨水藥片，是幾年前一個國際非政府組織捐的，一箱一萬粒，要價一百多元美金，我想都不想就下單五箱。」手中拿著五萬粒的淨水藥片，朱金財心想，要給就給最嚴重的地區。

「當時爲了不讓霍亂擴散，染病的人都集中在首都省一間醫院，但因爲沒有足夠的醫療設備，去那裏根本是等死，周遭的村莊也受影響。」

朱金財約了二十幾個黑人朋友，帶著五萬粒淨水藥片，開了一部卡車進去，「遠遠的，就看到醫院方圓二、三十公里處圍了一圈木籬笆，上面鋪著白色帆布，看到這一幕，車上的氛圍很快就變了，他們開始感到害怕。」朱金財表示，最後將卡車停在距離木籬笆一百公尺遠的地方，這些黑人朋友才敢下車發放淨水藥片。

看似很正常的一頓飯，在我深入辛巴威的苦境後，才了解每一口吞下的白米都像珍珠般地珍貴。

朱金財可以決定發放地點，卻偏偏選擇重災區，其實說眞心話，他也很害怕，「哪有不怕的！」

「當時只懂得用土方法保護自己。我們回來的時候，買了五、六十公斤鹽巴，把鹽巴抹在身體、襪子和衣服上，甚至還用高濃度鹽水洗車子。」

我們家靠海邊，空氣中鹽分很高，舅舅前幾年淘汰的舊車，甚至還因爲鹽分侵蝕導致腐朽，車底硬生生破了一個大洞呢！

朱金財摸摸自己的三分頭，不好意思地說：「明知道那對車子很傷，但我實在不懂該怎麼防禦，只想到細菌要在鹽巴中生存大概很困難吧。」

停水很麻煩，還有地下管線維修的問題，但這還是都市人奢侈的煩惱，「基本上，鄉下是沒有自來水系統的。辛巴威因爲地形的關係，留不住水，雨季下的都是暴雨。」辛巴威屬熱帶草原氣候，　年分雨季與旱季，四月到十一月是最乾旱的時候，滴水不降，再加上陽光炙熱增加蒸發，人們因此得忍受乾旱之苦。

雖然地表乾旱，慶幸的是地下水不僅豐沛，且少有工業用水的污染，水質相當純淨。但朱金財對此仍笑笑，不予置評，「一切還是回歸到——錢從哪裏來？」

哈拉雷省艾普沃斯地區居民威廉·丹肯（William Duncan），就在自家旁鑿了一口井。其實找水、打井都不困難，要如何鑿出一口水質純淨、供應量穩定的井才令人頭痛，「我們自己鑿井，由於沒有抽水機，常常挖到水源之後，再向下挖個兩公尺就不能挖了，因爲水不斷地湧上來。」威廉說，沒有錢買水泥和磚頭鋪設，水井內仍是沙泥爲牆，「沒有水泥和磚牆幫忙過濾，水質很糟糕，不僅有泥巴，還有一些骯髒的物質。」

「我們也知道要煮過再喝比較安全，但是那太耗費柴火了，也沒有錢去買淨水藥片。」威廉無奈地說，從沒見過從井裏打上來的水是澄淨清澈的，「總是灰灰白白，要放幾個小時讓它沈澱，再倒出上面比較乾淨的水，以白色的布過濾，就直接飲用了。」

臨旱季時，如此淺的井也發揮不了作用，人們不得不捨棄枯井，尋求水溝裏的殘水。

污水飲用在二〇一二年終於出了錯，有別於城市水污染所造成的霍亂，鄉間引發的是與霍亂猶如表兄弟的傷寒病。傷寒是一種由傷寒桿菌所引起的急性腸胃道傳染病，主要起源於食物或飲用水受到帶原者的糞便污染，且傳染性強，易引起大流行。

得知疫情爆發，朱金財往返衛生部門與當地區長辦公室協調，期望能獲得批准，讓他趕緊帶著淨水藥水前往疫區發放。「誰知幾天後的一個晚上，媳婦打電話來說，大兒子也染病了！」

「兒子的生活方式跟鄉下人很不同，連他都染病了，可見疫情多麼恐怖？」他們趕緊將兒子送到急診室接受治療，「在醫療團隊努力下，花了三個星期才治好。」

那段時間，朱金財頻繁進出醫院，也更加快前往疫區發放淨水藥水的動作。努力網羅三萬五千瓶淨水藥水後，當日清晨四點，他就迫不及待打電話給他認識的黑人朋友，「我真的很急，我知道如果不趕快處理，這些鄉村人可沒有我兒子幸運，他們根本沒有錢就醫。」

朋友約朋友，很快就有一百八十個人響應發放行列，早晨六點在指定地點集合，朱金財將他們分爲六組，終日不食地一戶戶發放，直到傍晚五點才結束任務。整整連續發放三個星期，倘若以一戶四口之家計算，三萬五千瓶藥水就足以幫助到十四萬人。

糧荒問題在國際援助下暫時緩解，即使到二〇一三年仍有兩百二十萬人需要援助，但比起二〇〇八年已經進步太多了。水的問題，才是辛巴威人最頭痛的。

聽我如此敘述，你大概能明白辛巴威飲用水的問題，這不是歷史，也不是十年前發生的事情，而是最近這幾年的狀況，目前也沒有進一步的解決之道，辛巴威政府都快比北門人窮了，怎麼解決？說不定哪一天，疾病又會再度蔓延。

「自來水管已經修繕，淨水藥片仍然買不起，都市得面臨停水問題，鄉

領取食物後，孩子們在地上隨便鋪上一塊布，坐在上面狼吞虎嚥起來。看著這個畫面，朱金財嘆口氣說：「這就是辛巴威的悲哀。」

下依舊只能喝井裏未過濾的污水，我很佩服那些鄉下人，怎麼都活得好好的？」朱金財納悶地說。

臺灣有句話這麼說——「不乾不淨，吃了沒病」，我可奉行不悖呢！直到大學時，來自臺北的同學看到我把不小心掉在地上的糖果，撿起來用自來水洗過就往嘴裏放，連聲教訓我千萬別再這麼做。「你會拉肚子啦！」

「我從小就是這樣，都沒事呀！」我心想，這是錯的嗎？

「從小……」他無言又無奈，「那你大概已經有免疫力了。」

我想如果井水只要病菌不超量，辛巴威人大概也是有免疫的底子而不至於會生病。

不過親愛的你別擔心，我在這裏喝的都是瓶裝水，連出外用井水洗臉打涼後，都會仔細地拭乾嘴角邊的水珠。因為連朱金財這個住在辛巴威十八年的人，喝了當地的井水都會拉肚子了，我想我從小培養的免疫力在這裏大概不可靠吧！

第二十四封信

水珍珠

親愛的：

還記不記得我三年前曾到中國的甘肅省採訪乾旱專題？甘肅的黃土高原面貌直到今日都讓我印象深刻。

採訪地點是一個叫做若笠鄉的地方，據說這個地名的由來，是因爲這個鄉的地形就像一個倒放的斗笠。這個位於一千八百公尺的高山鄉，總面積四百三十三點五五平方公里，最熱鬧時有三萬多人口，山大溝深，扣除居住土地，平均每戶人家能擁有三、四十畝田地，理應戶戶代代吃喝不愁。但現實卻不是如此。

這裏年均降雨量兩百四十公釐，年均蒸發量卻是降雨的七點五倍。旱，是若笠人日復一日都得經歷的天災。

我在那裏遇見一個若笠出身的人，他叫張克伯。

「那座山只有生育我，沒有養育過我。」回憶起故鄉，張克伯說話時神情很平靜，但略帶乾啞的嗓音卻走露了他的沈痛。

二十前，家住在甘肅省靖遠縣若笠鄉的張克伯成了家，陸續生下三名不算白胖卻也健康的孩子。隨著孩子一天天長大，他很快就意識到，家裏那幾畝旱地，連溫飽肚皮都有困難，如何支付得起孩子的教育費？

僅小學五年級學歷的張克伯，不想再讓下一代輸在起跑點，只會面朝黃土背朝天在農地討生活的他，雖然沒有錢、沒有技能，仍提起膽識走出大山，靠著拚搏養家的心念，到城裏闖出一條牛路來。

六年後，張克伯成功了，「我做的第一件事，就是舉家逃離若笠。」逃？不明白的人會覺得這個字講得太深沈，但前半輩子都生活在若笠鄉的張克伯，覺得這個字眼用得恰如其分，「迫切地想離開一個沒有希望的地方，不是逃，不然是啥？」

跟中國人對話很有趣，他們雖然講的也是中文，卻直嗆的多，相對地也令人感覺他們相當直爽。

若笠山上的農戶，茶餘飯後最愛開玩笑的對象是自己，他們總愛說每日到田地裏要做的活，不是掘土翻地，也不是澆灌灑水，「而是坐在山丘上，盼著遠方那片雲能夠飄過來，下幾滴雨來賞口飯吃。」

這個人人想逃離的旱地，其實在很早之前是個溼潤豐足之地，這裏曾挖掘到新石器時代的陶器，明代駐軍屯田所建設的屯堡依舊聳立在山頭，珍貴史物一再證明早有人居。

五十五歲的金自和是我在甘肅的乾爹，我總對著他喊金爸，雖然是叫著玩的，但只要有採訪空檔，我就往他家跑。他會泡上一壺好茶，拉著我坐在屋簷下講故事，講的全是他的小時候，對我來說卻陌生新奇得像傳說。

五〇年代山下雨水銳減，金自和的父親就在經濟迫使下，一路乞討上山，因爲他聽說若笠是一個富足的地方。「當時的若笠，滿山遍谷都是綠地，水草及胸，雨水充沛，土壤肥沃，一年的收成甚至夠吃十年！當年山下人家最盼望將女兒嫁上來，好在饑荒時能獲得親家的食物支援。」

金自和的父親上山後，應古人所說的「前榆後柳」，在新房前種了一棵錢榆樹，希望榆樹能爲他招財，並庇護後代子子孫孫。

那棵榆樹至今仍挺拔在金家門前，但周邊景觀卻從一片翠綠轉爲黃土層層，而他的兒子金自和也因爲無法再待在一點希望也沒有的山上，撐不過耳順之年就帶著家人搬遷下山了……這前後也不過才半個世紀。

問金爸知不知道爲什麼天不再下雨了？樸質的農家人，不說全球暖化也不談氣候變遷，只是維持一貫的認命態度，說：「問天吧！」

乾旱不僅發生在若笠鄉，也逐漸延伸至甘肅其他地方。一九九八年，慈濟基金會到此展開水窖援建工程，協助旱區貧困人家在自家院落鋪設集雨場、打出解渴窖。十二年來，總計在六個縣打下近兩萬口的水窖。

在若笠鄉，慈濟爲七百九十三戶人家打下一眼又一眼的解渴窖。翌年志工回訪，卻驚覺水窖發揮的力量有限，人們依舊無法解渴。金爸告訴我：「天不下雨，光有井有啥用？我們這兒也沒有地下水。」

慈濟基金會很快做出決定。二〇〇八年三月啟動移民遷村計畫，幫助若笠鄉兩百一十戶貧困人家，總計一千零五十位居民遷徙下山，新居是位於若笠東北方的劉川鄉。金爸也跟著搬下去，頭也不回。

若笠鄉是禿窮之山、無水之地，它沒有特產，也無觀光條件，僅以旱聞名，以窮問世。而人們與這塊土地的別離，則是它最深沈的悲傷。

在我們的刻板印象中，旱應該是出現在非洲。爲何而旱？因爲烈日當頭。但我第一個採訪的旱地卻是在中國的黃土高原，第二個才眞正是在非洲，在辛巴威。

辛巴威雖然降雨量不多，但地下水層卻相當豐沛，它的旱來自於貧窮。二○一二年十月，辛巴威政府爲了不讓迅速繁殖的象群缺水，在華格野生動物園，每週以四十五臺發電機抽水入池讓象群飲水，但每一臺發電機需要五十二加侖柴油，這對政府來說是相當沈重的負荷。

政府都顯得吃力，何況相對窮困的一般老百姓？他們連一頓飽餐都是奢求，怎麼買得起發電機抽水？怎麼有能力挖出一口標準規格的井？

我曾在鄉村的路邊遇到一個老人，他有著乾癟的臉龐與四肢，水佔成年人體重約百分之七十，老人體內似乎不足這個科學比例，「我們很少喝水，一盆水用來洗菜、洗臉後，再拿來沖廁所或餵牲畜，一道水利用再利用。」要不是膚色、語言不同，我差點以爲又回到甘肅的若笠，因爲若笠人取來的水也得斟酌使用，一碗公的水是一家三口三天的洗臉水，待混濁骯髒後還要拿去餵牲口，點滴不浪費；到田地做工，非得渴到口乾舌燥才捨得嚥下一口

豐沛的地下水資源，是上天留給辛巴威人的一條救命後路，然而要建造一口井卻非每戶人家負擔得起。有幸能挖井的人家，往往都會在井旁開闢小菜園，對生活經濟幫助甚大。

沁涼。

「我曾在中國採訪過一個旱地，那裏的人說，最旱的一個地方，一口井大概要向下挖個四、五百公尺，才能看得到水，這裏呢？」我問。

老人英語流利，顯然是個受過教育的人，對生活數字一點也不馬虎，「在首都省往下打二十公尺就能找到水，別的地方甚至要打到一百公尺，但絕對比不上四、五百公尺那麼誇張。你說的那個地方應該比我們這裏更苦吧？」

我笑笑沒說話，捨不得將心裏的想法說出來，中國若笠的人早就遷村搬到水源地，現在生活得很幸福。若笠人的困境在於乾旱，辛巴威人是有水的，只是深陷貧窮的囹圄中。

辛巴威不生產打井的各種設備，鑽井機、水管、水泵等設備必須仰賴進口，昂貴的設備少有商人投資，擁有這些設備的人也不多，物以稀爲貴，經營打井生意的商人，一口井少說也要收個四千美元；這是一個平凡的辛巴威人不吃不喝十年，恐怕都存不了的錢。

「若簡單一點的井，沒用到大型機械，公定價格是一公尺十五美元。」哈拉雷省的艾普沃斯地區居民威廉分析著他們的困難，「辛巴威土質鬆軟，我們可以土法煉鋼用鏟子自己挖，平均挖到第三天就可以挖到水層；沙土容易塌陷，頂多挖一、兩公尺就得宣告完工。」

「若有錢可以買水泥和磚頭，我們可以一邊挖一邊鞏固，就可以挖更深。」他表示，淺井有水，卻不多，「旱季時，必須用湯瓢舀水，頂多取一桶水就算不錯了，之後就要等上半天或是一整天，才有水冒出來。」

威廉還算幸運，幫過一戶人家鑿井，那口井水比起大多數人家的井來得充沛，主人念在他曾幫忙鑿井的過往情分，同意威廉一家免費取水，「一天只能取兩桶，第三桶就要算錢。我常常早上四點就起床，走一公里路到那裏，還要排二十幾號才輪到取水。」

用水困難，還得面臨水井建造不良所造成的污染問題。

聯合國世界衛生組織於二〇一三年八月在美國紐約召開論壇，「終結水

貧窮」、「水支援」等國際慈善機構發起連署，呼籲各國領袖重視貧困國家沒有乾淨飲水的問題。我想辛巴威就是亟待助援的國家之一。

歷經霍亂與傷寒，朱金財認爲發放淨水藥片、藥水只能救急，一切還是要從基礎做起，「我在艾普沃斯地區援助許久，淨水藥水也是在那裏發放，心想不如幫他們鑿一口井，而且要弄到好，讓他們有乾淨的水可以取。」

根據他的訪價，若是請專業人士鑿一口四十公尺深的井，至少要五、六千美元，「這只是工錢和材料費，還要自備六百公升的油讓機器運轉。」人命當前，金錢已經不列爲重要考量。他需要的是豐沛的水源，即使面臨旱季也不會缺水的井。

「我們依循古老的智慧尋水。」朱金財的神情像個發現新大陸的小孩，「在手掌上放一個一公升的玻璃瓶，裏面注入清水，然後開始慢慢地走，如果地下有水，瓶裏的水就會晃動，動得愈劇烈，表示那裏的水愈豐沛。」

「直向找到水後，又走一次橫向，找其交叉點，那就是水源最豐沛的地方！」耗費兩天的時間尋找到水流匯集處後，下一步就是找地主懇談，「地主當然很開心，很爽快地答應提供土地，但我需要的是白紙黑字。」

辛巴威經常停水，每遇自來水不供應的日子，朱金財家門口總是排了長長一列水桶。

朱金財找來三位在當地比較有公信力的耆老作證，保證井鑿好之後，無論喜歡或是討厭，都不得拒絕前來取水的民眾。二〇一二年九月確認一切妥當後，鑿井工程終於展開。

消息一傳出，艾普沃斯地區人人雀躍不已，紛紛捲起衣袖投入工程。

「我們才挖五公尺就挖到水源，接著就要啓動抽水馬達不停地抽水，才能不停往下挖又不怕塌毀。」朱金財說，當時二十四小時不停地挖井與抽水，還要邊挖邊以磚頭和水泥砌起水井內部的牆面。整個挖井工程持續八天才完成，居民以四十人爲一單位，不停輪班工作，直到再向下挖五公尺，他們才心滿意足。

「水井完成後，我不讓居民取水，裏面的水還是髒的，要持續抽水，抽到水從灰色變成清澈的才安全。」也是在那時候，大家發現，流進水井內的水遠比抽出去的水還要多，況且那還是在水位最低的九月份，「我們都很開心，代表這口井的水源完全沒問題。」

但是大家哪等得及，早早就拿著水桶在井邊排隊，等到可以取水的時候，還引起一場不小的騷動，「他們怕前面取完水的人再回來排隊，所以規定要讓現場的人都取完水之後，才可以離去。」朱金財內心很是明白，「大家都缺水缺怕了。」

「現在不怕了，因爲不管多少人來取，這一口直徑一點五公尺寬的井，還沒讓他們失望過。」

我回臺灣後，一天與朱金財通國際電話，他說我們共同認識的一個人往生了。

他叫修維德．馬凡納（Sylvester Mahurevana），是一所小學的創辦人。高大的修維德雖然已屆五十四歲，但體格保持得很好，身形修長，有著寬闊的肩膀，我們相處的那幾日，他看起來相當健康。短短兩個月，竟聽到他病死的訊息，教人難以接受。

「他突然開始拉肚子，前後不過一個多星期。」朱金財在電話那頭語帶悲傷地說：「我去醫院看他的時候，他已經因爲脫水而瘦得不成人形，模樣恐怖，連妻兒都不敢進病房看他。」朱金財離開醫院沒幾天，修維德就撒手人寰了。

究竟是什麼病，在那麼快的時間，帶走一個健壯人的生命與靈魂？

「不乾淨的水。這就是辛巴威人的悲哀與宿命。」

挖井是一項大工程，也必須取得地主的同意以及當地人的投入，並非是朱金財有心就能夠成就的。但他仍奔忙在每個與他有緣的社區，希望能替這些鄉間社區多挖幾口「救命井」。平時，他也會從自家那口井取水，開著卡車，載著一千公升的水四處分送。他笑說：「最大的一口救命井，就屬我家那一口井了。」

我們抵達辛巴威那天，才剛踏入朱金財的家門，他就笑著說我們是福星，「停了三個星期的水，終於來了。」來水不過四天又停水了。「你等著看，明、後天我家門前就會開始大排長龍。」

隔天傍晚五點，朱家門前果然來了好多人，每個人手中都拿著二十公升以上的大水桶或是五公升的寶特瓶。

朱家的園丁拉開黑色的沈重鐵門，拿著一條水管走出去，爲每一個桶子

自由小學旁也有一口井，我們來的月份是五月，井水豐沛，但居民說再過幾個月，恐怕就很難從這口井中「榨」出一滴水來。

注入清澈的水，往後幾日，此區的自來水依舊靜止不動，每日平均來朱金財家取水的就有上百人，「他們要拿多少就給多少，要兩百公升我也給，只要你能抬回去；神奇的是，我家這口井從來沒有被搾乾過。」

「愈多人來要水，它就愈豐沛。」朱金財笑說，這口井是當年買下這棟房子時，原本就有的，水質清澈帶甜。爲了負荷前來領水的人潮，他特地買一臺抽水馬達方便取水。「原本是一馬力，實在太慢了，心一狠，又買一臺兩馬力的。」

他指著對面的大戶人家告訴我，他們在辛幣廢止那年也鑿了一口井，並在停水時免費供應給沒水的人用，「但他們很快就放棄了，因爲抽水馬達的耗電量非常可觀。」朱金財從住進這棟房子就開始供應水，直到今日已經有十五個年頭。

古人說，造橋鋪路，功德無量；對辛巴威人民來說，一杯清澈的水更能救人一命，然而朱金財卻謙虛地不以善人自居，「我都說這是一口菩薩井，這是菩薩想做的事。」

在我們的印象中，臺灣降雨十分充沛，但這些雨水大多來自颱風與梅雨

飯前淨手，大人用小水杯舀水讓孩子們沖洗，即使井水豐沛，居民仍是節約使用。

等急降雨，加上地形陡峭，雨水順勢急流入海，讓臺灣在世界標準中屬於缺水地區。政府宣導節約水資源，地理教科書上也明白告訴我們——臺灣水源並不豐沛。

由於自來水費便宜，停水只為修繕，幾個小時至半天就來水，我們很少能深刻地感受到身為缺水地區居民所要面臨的不便與困境。水源珍惜這門學分，我是在辛巴威修的。

我在那裏的幾天，也曾拿起水管幫忙裝水，有時候技術不夠好，灑得滿身都是，狼狽的模樣常惹得來領水的人大笑，他們會來接過我手中的水管，又笑又嘆息著說：「好可惜呀！」

我在辛巴威幫忙裝水時，努力地告訴自己絕對要專心，因為每灑出的一滴清泉，都是辛巴威人殷殷期盼的珍珠。

第二十五封信

剃三萬顆頭

親愛的：

我的小學時代正值一九九〇年初，臺灣經濟蓬勃，政府開始一連串的衛教宣導，期盼人民素質與生活水準都能跟上發展的腳步。也因此，學校配合政令進行許多「衛教檢查」——每天早上要檢查手帕與衛生紙，中午吃完飯一定要刷牙，上完廁所出來必得用掛在水龍頭上、絲襪包著的肥皀洗手。護士阿姨定期來班上發蟯蟲貼紙，畫有兩圈綠色圓圈的貼紙黏力不強，我常質疑蟯蟲怎麼肯輕易地被黏貼其上。

學校配合政令，大、小檢查都不敢馬虎，但是疾病還是找上門。

三年級的時候，班上流行起一種疾病，頭蝨。

頭蝨既不會飛也不會跳，卻可以在頭髮中快速移動，當孩子們的頭靠很近時，頭蝨就會迅速移動到另一個人的頭髮上；碰到感染者的梳子、髮帶或是枕頭等，也很有可能會被傳染。因此一旦流行起來，很快就擴散開來。

衛生條件差的環境下，比較容易感染頭蝨。臺灣在一九四〇至一九五〇年代普遍流行，隨著環境衛生逐漸改善，頭蝨的流行率愈來愈低。一九九四年至一九九七年，政府進行中、小學學童感染頭蝨調查，國小學童平均感染率是百分之五到七，機率雖然很低，但我們班還是跟上了這股復古風潮。

當時老師在講臺前放一張椅子，我們等待唱名，輪流上前坐在椅子上，老師會像猴子媽媽幫小猴子抓蝨子一樣，翻著我們的頭髮。第一個被確診的是男生，老師叫他到講臺左邊，學務主任拿著一把電動剃刀，三、兩下就把他的頭髮全部剃光，「一勞永逸，省得麻煩。」主任邊剃邊說。

從小我就很寶貝頭髮，每次被你帶去髮廊剪頭髮，總會在理髮師拿起剪刀那一剎那號啕大哭，不知道的人還以為我是在診所等著醫師幫我打針呢！因此當在座位上等著老師唱名的我，看到男同學頭髮被剃光那一幕時，真的嚇壞了！頭一次聽到自己強而有力的心跳聲，就是在那個時候。

後來一個女生被確診罹患頭蝨，老師要她到講臺右邊，保健室的護士就帶著口罩站在那裏，撥著她的頭髮，在頭皮噴上DDT。DDT的學名是雙對氯苯基三氯乙烷，大部分人對這個繞口的學名感到陌生，但其實生活中很常見到，它是用來製作農藥或是殺蟲劑的主要成分。

女生噴完藥之後，會領到一瓶藥劑，護士叮囑著：「跟洗髮精混在一起洗，家人也要洗。下星期我們會再檢查一次，看看頭蝨有沒有被殺掉。」

我很幸運，不僅沒被剃頭，也不用帶藥回家洗頭。

現在的辛巴威是在先進科技充斥生活的二〇一三年，鄉間衛生條件卻還不如一九九〇年代的北門，不過在辛巴威孩子間流行的不是頭蝨，而是頭癬。

有天，我在鄉間路旁看到一個約莫十歲的小男孩，在井邊吃力地打井水，他不敢把桶子裏的水裝太滿，免得瘦小的手臂支撐不了力量，讓珍貴的點滴用水潑灑出來。

我們需要這個畫面，因此請小男孩配合，直到拍到滿意的照片，男孩大概汲了有五次水吧。

我從包包裏拿出一盒有彩色糖衣包裹著的巧克力，這是從南非買來的，一盒才幾塊錢，很便宜。

小男孩接過巧克力，給我一個滿足的笑顏。我蹲下來直視著他的眼睛，摸摸他的頭。黑人朋友的頭髮大多捲曲剛硬，摸起來的觸感很像專門用來刷洗不沾鍋的菜瓜布。

咦？爲什麼他的頭皮白白的？

「那是頭癬。」朱金財聽我說，很快判定。「頭癬在這裏很普遍，我幫很多孩子處理過頭癬的問題。」

通貨膨脹是辛巴威的痛，卻也帶動著朱金財行善的腳步，他愈走愈遠，愈做愈廣，也漸漸開始思考，「我該怎麼做，才能幫助更多人？」

朱金財很快就想到，小孩。「小孩需要的不多，而且只要到學校就能找到一大群。」

因爲貧窮，大部分孩子手上的鉛筆總是短短一截，於是朱金財購買大量文具發放；知道他們連吃的都很匱乏，自己一個人的能力又有限，朱金財僅以糖果發放，盼能撫慰孩子們的心。

雖然糖果和文具的費用都不高，但大量買下來，仍是很大一筆花費，朱金財畢竟是生意人，自有門路。

「我的雜貨店有賣二手衣。」店的一角堆著很多衣服，這些來自臺灣的二手衣大多乾淨新穎，再加上價格便宜，很受顧客歡迎，「每次進兩個四十尺的貨櫃，加總起來十幾萬件，只要賣掉一貨櫃成本就賺回來了，另一貨櫃賺的錢就拿去幫助孩子。」

「孩子跟大人很不一樣，發放完之後他們會想跟你親近，每個都靠過來身邊想跟我說說話。」望著不到自己胸膛高的小小孩們，朱金財不解地發現，爲何每個人頭頂都是一片白？「以我的認知，那應該就是頭癬。」

頭癬是一種皮膚細菌疾病，由眞菌引起。辛巴威長期受缺水所苦，人們難以常常沐浴淨身，大多只能簡單擦洗，再加上居住的衛生條件普遍不佳，且頭癬容易擴散傳染，在學校間爆發起來，就跟當年頭蝨在我們班上傳染的速度一樣快，只要有一個人沒有根治，其他人就很容易遭受再次感染。

朱金財思索，倘若要解決頭癬問題，最快的方式，就是剃光頭。

「這裏水資源缺乏，要他們天天洗頭是不可能的；以他們的生活情形，只會讓頭癬愈來愈嚴重。」他還發現，有些孩子的頭甚至已經開始潰爛，因爲沒有錢上醫院診治，只能繼續忍受傷口所帶來的疼痛，「既然如此，只好把頭髮剃光，減少藏污納垢的機會。」

他帶著這個想法離開學校，前往自己固定理髮的髮廊。

他記得自己的三分頭是五塊美金，若是理光頭呢？

「三美元。」理髮師說。

他把想法告訴理髮師們，「你們願意來幫助這些孩子嗎？」

「當然好！」理髮師們異口同聲。

朱金財大喜，但一間髮廊的理髮師不足應付一整個學校的孩子，於是他沿著商店街走，看見髮廊就走進去，最後徵得三間髮廊的支持。

出發前兩天，朱金財把集合的訊息傳達給三間髮廊，說：「工具帶著，週六我一起帶你們去。」

然而理髮工具畢竟是理髮師的第二生命，要理髮的對象又是患有頭癬的孩子，理髮師願意出勞力，但他們表示，器具需要朱金財自己準備。

「在理髮師的介紹下，我買了工業用的剃頭刀，一支就要一百美元，還要買針車的油來清理剃頭刀，也要買發電機，隨時幫剃刀充電，更重要的是一種紫色的消毒水，那才是殺菌消除頭癬的重點。」至於理髮專用的圍巾，則是向理髮師借來一件，依樣畫葫蘆地自己裁剪並簡單縫製而成。

工具、專業人士兜攏後，不過短短一週，朱金財就帶隊前往學校幫學生們理髮。

開啓電源，剃刀快速轉動滋滋作響著，一接觸到孩子粗硬而捲曲的頭髮，立即掀起一片灰白塵土，「他們的頭髮中，除了白癬、沙塵，甚至還有小碎石和樹枝。」朱金財說，不過才剃完幾顆頭，剃刀就鈍了，得趕快把庫存的剃刀再拿出來替換。

「所有頭髮都理光之後，再將紫色的藥水噴在孩子的頭皮上，只要等一個半小時，就可以看到奇蹟。」談起孩子們，他的眼神閃閃發亮，「你會看見一顆很亮的頭，好像上油一樣，白癬全都不見了！」

朱金財開始跑遍各所學校，一間間取得校長同意，每週到不同的學校，每次都替上千名學子免費理髮、殺菌。由於需要的學校太多，往往要三個月的時間，才會再輪到第一所學校。

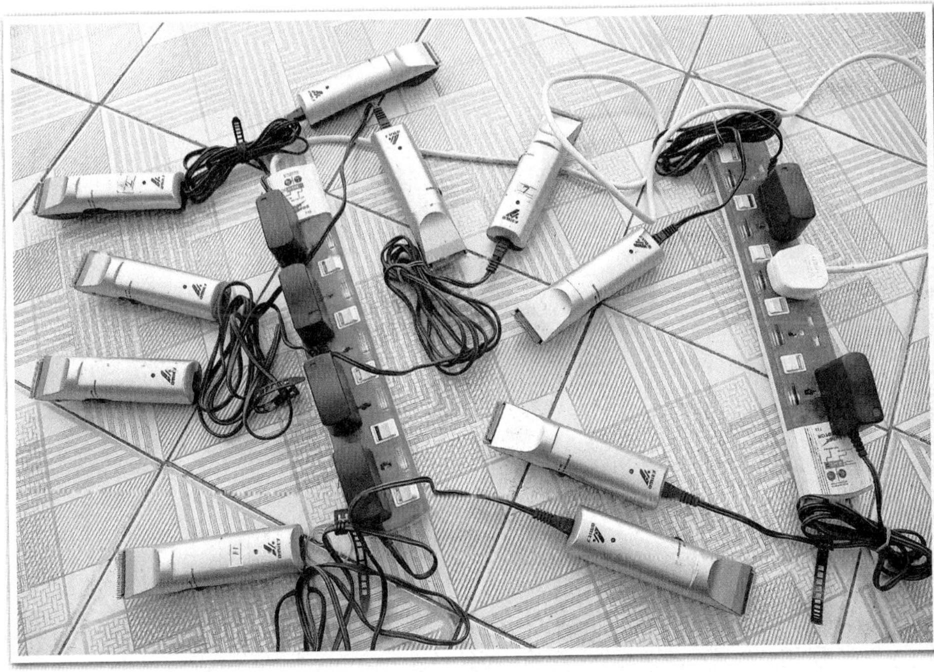

十支電剪在家裏同時充電，就令人覺得壯觀，好難想像朱金財說的，三十六支電剪同時啟動的場面，一定很震撼。

「最多的一次是理一千三百顆頭，在兩棵大樹下，三十六支電剪同時啓動，那畫面可壯觀了！」

理髮的過程並不盡然是愉悅的，尤其是遇到頭皮受傷腐爛的孩子，常常剃刀一下去，就見血肉模糊，孩子是一邊剃一邊哭，朱金財等人則是一邊剃一邊哄。

幾次之後，願意來的理髮師愈來愈少，「畢竟是沒有錢的志工性質，後來我索性自己去學，一些學校的家長或是社區民衆看了感動，也加入行列，目前固定班底大概是三十個人左右。」

漸漸的，有人提議，是否購買手套和口罩來保護自己呢？朱金財很是認同，但是他跑遍整個哈拉雷省的藥局、相關商店，卻只買到六個口罩，「我把那六個口罩帶到現場，看著那三十位志工，最後只能默默地把口罩收進口袋，給誰都不是。」

結果，事情就這樣發生了。

那天，他忙著處理一個頭癬特別嚴重的小孩，「通常我們會用梳子，先把頭髮裏的石頭和樹枝梳開，會比較好理，也比較不會傷剃刀，但那孩子頭髮特

替孩子們披上自己剪裁的圍巾，當地志工人手一支專業電剪，幫學生理掉難以清潔的頭髮，避免病菌再次感染。

理過頭後，孩子必須到另外一邊，讓社區媽媽替他們噴上紫色的消毒藥水，這是整個理髮過程最關鍵的一環。

別髒，梳子一梳下去，不僅卡住不動，甚至一用力，孩子就被我提起來了。」

朱金財不僅沒能將石頭與樹枝清理掉，剃刀碰到頭髮後，一陣白煙湧起，直撲他臉上，「我不以爲意，心想這只是特別嚴重而已。」那天晚上返家，朱金財的喉嚨猶如吞下一口沙，搔癢不適，隔天連聲音都發不出來。

「我去看醫師，才知道受到感染了，整整三天都發不出聲音，還得持續吃藥和噴藥。」朱金財激動地說不出話來，眼淚不由自主地淌下，鎮定情緒之後，他沙啞地說：「但我很慶幸是發生在自己身上，如果是發生在其他黑人志工身上，他們沒有錢去看醫師，後果一定不堪設想。」

聽朱金財講起這段往事，我想起小學一、二年級的導師。我已經忘記她的名字，腦海中她的身影也已消融模糊，只記得她有一頭及肩的秀髮，微微燙捲，蓬鬆有型。老師很溫柔，說話總是輕輕的，雖然也會拿起藤條責鞭，但我們都看得出來，她狠不下心打得太用力。

二年級下學期才剛開始，一天老師喜孜孜地帶來一大袋糖果，她發著糖果的同時，臉上的笑靨一直沒有消失過，確認全班的孩子都有糖果，才緩緩地走上講臺，每一步都是那麼地小心，連轉身都優雅，「老師的肚子裏有小寶寶囉！」

「哇！」我們那個年紀，正值希望有個小弟弟或小妹妹的年齡，聽到老師說她肚子裏有小寶寶，不禁開始幻想自己當哥哥、姊姊的模樣。

那天回家之後，我從書桌抽屜裏拿出老師送給我的紙娃娃。有別於一本十元的廉價紙娃娃，老師送的這一套人形有兩倍大，衣服是華麗的宮廷禮服。我爲娃娃穿上最美的那套紫色禮服，想像她正參加一場宴會，向來賓宣布懷有寶寶的喜訊。

宣布喜訊不久，我們班上陸續有人罹患德國痲疹，很多同學伴隨著發燒與感冒症狀，身上發起一片片不規則的紅色疹丘。德國痲疹傳染得很快，學校決定停課數日。

當我們回到學校後，發現老師並沒有跟著復課。

「你們老師要請假幾個星期。」五年級的導師來代課。我們都很怕他，聽說他是打得最兇的老師，學長們還臉色嚴肅地跟我們說，這個老師已經打斷過不少藤條了呢！

但他震撼我們的不是體罰，而是接下來所說的話，「她被你們傳染德國麻疹，所以把寶寶拿掉了。」

德國麻疹病毒可能會造成胎兒死產或先天性缺陷，畸形、耳聾、白內障、小腦症等都有可能。兇巴巴的老師說，我們導師的寶寶好像是畸形。

我還記得那是冬天，那年特別冷，怕冷的我手僵得連筆都握不好。聽到寶寶不見的訊息，滾燙的眼淚溫暖了凍僵的臉龐。耳邊傳來其他同學的啜泣聲。

幾個星期後，老師回來了。她和以前一樣，在八點整走入教室，長裙依舊飄逸在腳邊，但那張臉龐卻不再熟悉，蒼白消瘦取代紅潤，眼角下有一圈陰影，遍尋不著一絲過往的溫柔笑容。

「老師要到別的學校去了，你們要乖乖的，相信之後的導師一定也會疼愛你們這群小寶貝。」那天她沒上任何一堂課，回到辦公室收拾個人物品後，頭也不回地離開。

大家私下都說，老師一定是不想再看到我們，因爲我們是害寶寶不見的兇手。老師送給我的紙娃娃，在某一年的農曆七月時被我剪碎丟進水溝。聽同學說，紙娃娃在鬼月時會自己留長頭髮，並在半夜替自己穿衣服，更可怕的是會爬上床掐人脖子……唯一的辦法就是把它們剪碎燒毀或丟入水溝，讓水流把它們帶走。紙娃娃是我跟老師唯一的實體連結，我因爲可笑的恐懼捨棄它，但長年來老師依舊活在我心中，以不再美好的形式存留。

老師的別離在我心裏留下不捨與愧疚，「如果我們好好照顧自己，就不會罹患德國麻疹，也不會害老師的寶寶不見。」我是這麼想的。

同理，朱金財大可離去，沒有人會怪他，但他卻選擇留在孩子身邊。

自二〇〇八年剃第一顆頭開始，朱金財的義剪持續至今，已剃超過三萬顆頭，耗損剃刀逾兩百支；雖然曾受感染，卻從未逼退過他想替孩子做事的心。眼見孩子們一個個治好白癬，即使有白癬也不若幾年前嚴重，他開心地說：「現在我可是個超級理髮師喔！我不僅會剃頭，還會磨刀和修理呢！」

親愛的，如果當年老師選擇繼續留在我們身邊，她會像朱金財一樣開心嗎？笑容會再重新回到她的臉上嗎？

第二十六封信

荒地上興學

親愛的：

前幾封信中，跟你提到的辛巴威，不是窮就是缺水，還有嚴重的通貨膨脹問題，似乎都是負面的消息。其實，辛巴威也有值得驕傲之處，就是高識字率。

非洲識字率最高的國家，長久以來都是突尼西亞共和國獨占鼇頭，然而在二〇一〇年，根據聯合國開發計畫署統計，長期居次的辛巴威以百分之九十二的高比率，擊敗突尼西亞的百分之八十七。

這對長年來飽受貧窮與通貨膨脹之苦的辛巴威來說，實在不容易。

辛巴威教育部長大衛．科塔特（David Coltart）在二〇〇九年二月上任時，曾說自己是在接一個「爛攤子」。那一年惡性通貨膨脹達到顛峰，經濟崩盤，政府不得不停止提供部分學校經費，導致教師大量出走，鄉間小學頓失資源，許多學校勉強支撐，卻沒有足夠的課桌椅、黑板，連教科書都少得可憐，使用十年前的舊版教科書者比比皆是。

即使教育設施簡陋，但辛巴威人渴望學習。朱金財還記得一九九五年初

位於首都哈拉雷東南方的艾普沃斯區，以平衡石聞名，
自由小學即以天然巨石作為與社區的區隔。

來這個國家時，最感到印象深刻的畫面，是每天早上的上班時間，「生意最好的是報紙攤，幾乎每一個上班族都會買報紙。」

然而今日走訪辛巴威街頭，買報紙的人少了，大多數的人都只是圍在報紙攤前，低頭看完首頁頭條就走。不是他們不愛閱讀，而是沒有餘錢可以替自己買份社會資訊。

熱情的學習意圖終究抵不過嚴峻的經濟情勢，政府撥不出預算，家長付不出學費，二〇〇九年將近九成的鄉村學校關閉，八萬名教師未能領取足夠的薪資，絕大部分都在罷工或選擇出走國際尋求溫飽。這個擁有百分之九十二識字率的國家，就學率瞬間從百分之八十五下降到百分之二十。

教育問題無疑是辛巴威除了經濟之外，最爲堪慮的前景之一。

爲了解辛巴威目前的教育困境，我們來到首都哈拉雷省最貧窮的地區——艾普沃斯。

只比我大一歲的培西絲．祖圖（Precious Dzutt）生於斯、長於斯，由她來介紹艾普沃斯再適合不過。知道我剛從南非過來，培西絲先問我有沒有到過約堡的鐵皮屋區？

「有，去過兩、三個區。」

「艾普沃斯的住宅雖然不是鐵皮，但人口組成因素就像是約堡的鐵皮屋區，多數人來這裏是因爲離市區近，希望能謀得一份工作，賺取生計。」培西絲有一張精巧的臉龐，無論鼻子或是嘴巴，甚至連眉毛都很精緻，講話輕輕柔柔，很有氣質，談起不堪的現實面貌，語調尤其令人心碎，「絕多數的人都無法擺脫貧窮。」

走訪過約堡鐵皮屋區，我了解爲什麼，也就不再多問。

培西絲說，困苦的環境對小孩的教育勢必有影響，「我有七個兄弟姊妹，當生活過不去時，就不得不暫時中斷學業。等到有錢的時候再回學校念書，我小學六年級因此念了兩次。」雖然生活貧苦，但對於身爲百分之九十二識字率國度裏的人民來說，再窮也不能窮教育，「念念停停，我家八個孩子至少都有高中學歷。」

（攝影／徐梅玉）

這是二〇〇七年首都哈拉雷地區的一所小學，僅以木頭及茅草搭建教室供學生上課。

「這還是我小時候，辛巴威經濟正好的時候。」培西絲吐出一股鬱悶，眉間輕輕皺起，「通貨膨脹之後，艾普沃斯處境更艱難。沿街乞討的人變多，中斷的教育也不是半年、三個月就有能力再重返校園。」

修維德就是在這個時期搬到艾普沃斯的。這個名字很熟悉對不對？他就是我之前提過的，一所小學的創辦人，在我回臺灣之後，歿於水污染。

修維德的運氣不佳，搬到這兒才三年光景，就碰上通貨膨脹發酵，成為百分之八十失業人口中的一員，最後只能以自製的掃帚維生，往往一天也賣不出去一把。

「更困擾我的，是孩子的教育問題。」修維德只有一個小孩，就讀小學五年級，但諾大的艾普沃斯地區，卻找不到一間學校可以讓他的孩子入學，「這兒的公立小學有六所、中學三所，學生數都超量，老師無法負荷，因此都不願意再收學生。」

根據政府統計，艾普沃斯登記居住的人口不到四十萬人，但實際人口約有七十萬。學校建築與學生人數呈現供需不平衡的狀態，臺灣亦然，只不過正好相反，臺灣受少子化趨勢影響，近十年來，就有兩百零六所小學被裁併廢校。

其實裁併廢校也不是近十年才開始發生的事。

還記得鄰村的永華國小嗎？

一九五〇年代開始，臺灣因二戰後嬰兒出生率急降而鼓勵生育，導致人口暴增，開始有許多的國中、小學在鄰村設立分班、分校，以應付所需。

永華國小在一九六二年趕上流行，設立爲北門國小的分班，隨著學生數不斷增加，七年後更升格爲獨立學校。然而這番榮景卻撐不到二十年，再度被降級爲北門國小的分班，一九九四年與北門國小併校後，即走入歷史。

永華國小被併入北門國小的前兩個月，我正在念小學三年級。學校突然買了一輛新校車，漆成校車該有的黃橙色。下課時，我和同學跑到校車旁，貼著車窗往裏面看，覺得相當新奇。畢竟村子小，步行即可抵校，從一年級入學開始就是排路隊上學，校車對我們這群鄉下小孩來說，有一種莫名的崇拜，因爲那是電視裏才會出現的產物。

學期結束前一天，老師發給我們一本暑期作業，還有一本日記本，叮嚀我們千萬不要拖到暑假最後一天才寫作業，日記也不能抄襲作文範本。「明天是最後一天，大家提早半個小時來好嗎？我們要去永華分班幫忙打掃。」

「喔……」一想到要付出勞動，大家意興闌珊。

「坐校車去喔！」

「耶！」

長大後開始坐校車通勤，我都會想起當時聽到可以坐校車的雀躍，眞的是鄉巴佬。

那天我們乘著露水，早早抵達學校，坐上校車前往永華國小協助清掃，並將一些重要的教材搬上校車，但從未想要去明白爲什麼要做這些事情。人家說孩子很喜歡問「爲什麼」，但小時候的我對大人說的話言聽計從，只要從大人口中說出的話，就是對的、該做的。

一直到四年級上學期開學那天，新校車載來永華村的小學生，我才知道，原來永華國小被廢校了。

臺灣多的是廢校，各大學甚至還推出優惠的獎學金制度招收學生，記得有一年大學聯考的最低錄取分數僅僅只有七分！

如果我把此番情景告訴修維德，他大概會認爲這是出自童話故事吧。

在鄉下曾擔任過家長會長的修維德注重教育，在艾普沃斯居住不到幾個月，他就發現此區有高比例失學的孩子，「普遍是因爲貧窮，單親與孤兒也不少；辛巴威的法令規定，要念公立學校必須有出生證明，許多孤兒根本沒有辦理證明；而一些貧窮被迫失學的孩子，後來即使有能力念書，也因爲年紀過大而無法復學。」

修維德緩緩地吐了口氣，無奈地說：「我所說的是一九九七年，還沒有通貨膨脹的問題，二〇〇〇年之後，情勢更加坎坷，因爲人民更貧窮，而公立學校沒有經費，老師愈來愈少，學生數隨之銳減。」

看著孩子們因爲無力就學而在社區遊晃，修維德與一些家長興起大膽的念頭，「不如我們自己辦間學校吧！」

他們從有心的家長中，挑選幾位有接受過教育的人當老師，雖然沒有教師正式資格，也沒有學習過如何安排教綱，唯有的是一心要將擁有的知識傳達給孩子的熱忱。培西絲就是當時投入教師群中的一人。

（攝影／侯其霖）

以前的自由小學，就是在上帝堆疊的巨石中上課。

「辛巴威小學學制是七個年級，這所簡易小學的七個老師都沒有教師執照。」培西絲自己也只有高中學歷，「教小學生還算綽綽有餘。師資對這所小學來說，還不是最大困境。」

「我們連課本與黑板這兩項最主要的教學資源也沒有。」

說起課本，記得小學的時候，國語、數學、自然科學、公民與道德，再加上音樂課本與習作，臺灣每個學生每個學期至少能領到六本課本。我就讀小學是在一九九〇年代，當時臺灣生活算好過，卻仍有偏鄉山區兒童繳不起書費，期末的時候，老師會要我們把用過的課本，拿到講臺前面依科別堆放，說是要捐去給偏遠山區的孩子使用。

每當學期開始時，你就會把我和哥的舊課本以紅色塑膠繩捆緊，拿給以回收維生的老太太，我們沒有留課本的習慣，辛苦地把課本揹回家也只是徒增垃圾，因此大家都樂得把課本捐出去。數量之多，老師還可以一一篩選，挑揀完整並少有塗鴉的課本捐出。

辛巴威的孩子，卻沒有這樣的好福氣。培西絲、維修德與其他老師四處去借或是撿人家不要的課本，無論能拿到什麼教科書都感激萬分，並用來教全年級的學生。「但我們連七本也無法湊齊，部分老師必須用自己的想法來教孩子，我們寫在黑板上，讓孩子們照著抄寫。」

培西絲口中的黑板，是居民捐出的破碎小黑板，每一個的最長邊不如一個成年女子的手臂長，四個邊角磨損不堪，邊緣似乎遭火舐過般斑駁，但至少還能寫字教學。

當培西絲侃侃而談時，身爲創辦人的修維德神情哀傷地坐在一旁。「或許在別人的眼光看來，這比一般課後輔導都還不如，但這都是我們僅有的，而且是最珍貴的。」

辛巴威在非洲班圖語中意指「石頭之城」。走訪辛巴威，常見淺棕色的龐然巨石，鎮壓在各區的土地上。據了解，這個國家大概有兩百多處石頭城的遺跡，巨石交錯堆疊成柱狀，看來搖搖欲墜，但當地居民說，自從他們祖先住在這裏，這些巨石就以如此形式堆疊了，從沒見過有石頭掉落下來。

沒有人能說明這些石頭從何而來、如何堆疊？這是辛巴威最大的謎團與不可思議之一。修維德露出一抹和藹的笑容，像在大樹下跟孫子講故事的爺爺，「我們想，這或許是神堆疊的。」

神所堆砌的巨石，成爲學校的標的與自然屏障，修維德與家長沒有能力爲孩子蓋教室，只能以藍天白雲爲頂，微風爲牆，唯有的資源是家長們的期盼與祝福。於是，修維德爲這樣的一個學校命名爲自由小學。

有別於臺灣學年分上、下兩學期，辛巴威一年分三個學期。維修德告訴我，公立學校每學期收七十五美元，「家長根本無力負荷，而自由小學的創辦宗旨，就是要提供貧困學童安心就學，一個學期僅酌收十五美元，給老師們補貼一些，至少讓他們有點錢拿去買肥皂，梳洗乾淨再來幫孩子上課；許多家長選擇分期付款，萬一眞的繳不出來，也沒有關係。」

低學費以及對教育的渴求，讓這所簡陋的學校在二〇〇〇年成立之際，就招收了超過九百位學生。

家長們捐出兩塊破舊的帆布，再以滿是鏽斑的鐵柱爲梁，勉強撐起兩個能遮陽的場地，但是其他五個班級的學生該怎麼辦呢？

「有幾個班級在樹下，其他的則靠在大石邊，如果陽光的角度對，或許還能有巨石陰影遮陽。」

如果臺灣的廢校，能搬來辛巴威該有多好。

小學畢業後，我曾跟村裏的孩子騎腳踏車到永華國小。那一幢幢鋼筋水泥的建築，在學生離去之後，散枝枯葉成為天然地毯，一間間教室只用簡單的扣鎖鎖住，幾扇窗戶破了，不知道是孩子們惡作劇，還是因為敵不過颱風侵襲。少了孩子奔騰的校地，靜謐得像座墳場，空氣中盡是破敗的氣味。

北門國小現在的學生人數不到百人，我很怕哪一天回到母校，也會聞到當年那種令人心碎的味道。

隨著孩子愈生愈少，廢校就愈來愈多，教育部在二〇〇七年投入三億新臺幣的經費，啓動「國民中小學閒置空間活化利用」計畫，至二〇一三年，總共有一百七十九座校園獲得重生。絕大多數的校園直接被規畫為社區活動中心，有的則移交社福機構使用。

南投縣的光明國小交由日月潭國家風景區管理，斥資三千多萬元打造為提供餐飲、住宿、露營的「遊學中心」，是其中活化廢校中最成功的一例。

其他移交社區的校園，有很多原本就地處人口稀少的偏遠地區，村民根本不會利用，因此成爲「蚊子館」——專門用來滋養蚊子的空間。之前曾有記者深入廢校訪查，發現許多校園的門窗被偷走，連水龍頭也不放過。

臺灣是學校建築太多，自由小學面對的卻是連一塊磚都買不起的困境。修維德苦澀地說：「我們的孩子、家長或是教師常常被笑，說我們是一所沒有教室的學校，走在路上都抬不起頭來。」

唉！我以前也曾看過班上調皮的男孩子，指著永華國小的學生說：「你們是沒有學校的孤兒。」

永華國小的孩子，就像從外縣、市轉學來的學生，臉上刻著木訥的表情，快步閃躲訕笑的人群。他們不好受的情緒，除了新學校同學的惡意嘲笑，對於母校從此消失，一定也比任何人還要來得難捨。

在臺灣，沒有學校的孤兒，尙還有其他學校展開雙臂接收，自由小學的孩子卻只能自求多福。

每次從國外採訪回來，熱情的計程車司機總愛問：「你們去哪裏啊？」也愛說：「哇！那個國家不錯吧？」我會跟他分享在國外看到的新奇有趣之

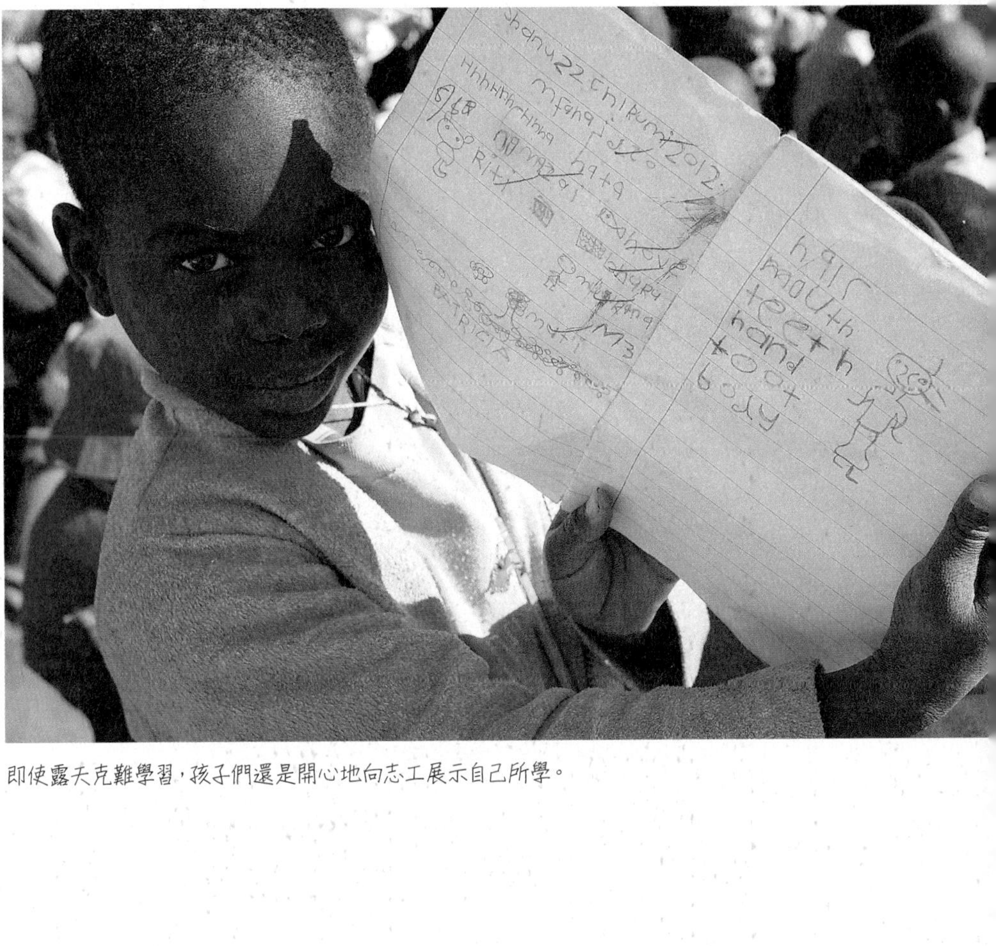

（攝影／侯其霖）

即使露天克難學習，孩子們還是開心地向志工展示自己所學。

處，也會談到在當地所看到的困境，對話最後，我總會說上這麼一句話：「臺灣雖然小，也有很多不完美的地方，但我還是覺得這是個最幸福的國家。」

第二十七封信

自由小學的驕傲

親愛的：

二〇一二年十月底，北門醫院發生臺灣醫療史上最嚴重的傷亡意外。一名癌末病友不堪惡疾纏身而縱火，當時院內住的都是老人、重症患者以及插管病患，儘管周邊鄉鎮的消防車緊急支援，出動七十五輛消防車、兩百多名消防員，平時就熱心的村民們紛紛到場幫忙，仍有十三個人遭惡火噬去生命，六十多人受傷。

這場火災讓北門登上頭條新聞，引起社會大衆的關注，但他們關注的都是爲何將行動不便的患者安置在二樓、消防設備是否合格等。身爲當地人，我看到的是——爲什麼這家醫院沒有一般門診，反而將偌大的空間交付重症護理之家與精神療養機構？

北門醫院是新營醫院的分院。一九九二年臺灣省政府委員會擴建北門烏腳病防治中心，改隸新營醫院北門分院，但在我印象中，北門醫院完工落成已經是在千禧年過後。

一開始，醫院是有一般門診的。北門人對此難耐興奮之情，畢竟在我們那兒，自從王金河醫師退休之後，只能仰賴衛生所，許久之後才又有一間小診所。要去一趟設備談得上完全的醫院，開車要三十分鐘，若是動手術就得跑到臺南市去，相當不便。

如果眞有所謂的偏鄉條件，那麼北門在醫療資源這個項目上，一定能打上一個勾。

北門醫院風光沒幾個月，就因爲沒有醫師與護士肯來這個偏僻小鄉，漸漸將門診時間縮短爲兩天一診、三天一診，門診愈來愈少，最後索性將門診廢除，改租賃給護理之家使用。

前幾年，大學同學到北門來找我，看到廟埕旁邊有間兩層樓的小透天厝，白色招牌上綠色字體寫著「牙醫診所．北門醫療站」，她停下腳步，問我：「那是什麼診所？」

我瞟了一眼，理所當然地說：「牙醫，北門人去看都不用錢，聽說是政府補助的。」

同學驚訝地闔不攏嘴，「偏鄉醫療？這不是山區才會有的嗎？你們家那麼偏僻呀！」

回想牙科診所正式啓用時，我想到的不是這裏有多偏僻，而是我們有多需要。

出生高雄市區的同學或許很難明白，即使只是一個牙科診所，對我們來說是多麼的彌足珍貴，就好似當年烏腳病流行時，教堂附設的免費診所對小鄉村的幫助有多麼的大。對偏鄉來說，政府以及慈善團體挹注資源，有如天降甘霖。

自由小學初成立的幾年，也需要甘霖，但上天卻遲遲不肯降下透明的珍珠，小氣得連露水也不給。

別人笑自由小學的師生，說他們的學校是沒有教室的學校。他人的訕笑，還能咬緊牙閉耳不聞，政治法令的清查，卻讓自由小學創校不久，就遭受極大的挫折。

自由小學空有師生與校名，卻未合法立案，再加上辛巴威有十人集會限制，學校很快就引起官方的注意，地方部門、教育部，甚至是衛生部都找上門來。

「這是非法聚會！」

「誰給你權力做這件事，你這樣是違法的！」

「這裏根本什麼都沒有，連廁所也沒有！」

「有申請土地的使用許可嗎？要繳清六萬五千美元費用，才允許使用這塊土地。」

排山倒海而來的問題，居民們無力抗衡。

修維德還算有些膽識，他忍不住回嗆官員：「是我把孩子召集起來的，你也看到這裏的情形，爲了教育孩子，我們一點也不算是違法！」

修維德不過是一介平民百姓，小蝦米能有多少力量對抗大白鯨？自由小學終究逃不過被迫解散的下場。教育部門將九百多位孩子們，送到其他六所地區小學就讀。修維德與其他老師並沒有空閒太久，「孩子們一個接一個回來，仍是之前的老問題——沒有能力繳學費，只要晚一天交，就被趕出學校。」巨岩下，很快就又傳來朗朗讀書聲，盤查官員也隨之前來。

TZU CHI

（攝影／侯其霖）

自由小學就這樣一邊與政府單位抗衡，一邊以少得可憐的資源，替貧苦孩子開啓未來的人生之窗。

「後來，官員們逐漸了解我們的困境，像是土地使用要繳六萬五千美元，根本是天方夜譚。」修維德朗笑地說：「另一方面，他們也懶得再大動作將九百多名孩子分送到各校，孩子們最終還是會回來，反覆結果只是浪費他們的精神體力，於是就對我們睜一隻眼、閉一隻眼。」

即使獲得默認許可，但沒有教室的學校卻帶來更多問題。身爲級任老師，培西絲時常得接受孩子哀求的眼神。

夏天，在毫無遮蔽的學習環境中，焰日曬得孩子們頭昏腦脹，「老師，我頭昏，看不清黑板寫些什麼！」

寒冬，則凍得雙手無力書寫，「老師，我的手硬梆梆，沒辦法寫字！」

雨天，她得趕緊疏散孩子，讓他們先回家蔽雨。

「尤其春秋之際，日夜溫差高達二十度，午後還常有短暫暴雨。孩子們很容易生病，再加上長期營養不良，一病就拖很久不能來上課。」不捨的情緒爬上培西絲秀氣的臉龐，「我們有什麼辦法？這樣的情況整整持續十二年。」

自由小學簡易教室搭建期間，聚集許多社區民眾前來幫忙。孩子殷切的眼神彷若加油聲，讓大人們更加快建設腳步。（上頁圖）

自二〇〇九年開始，朱金財就不斷地在艾普沃斯發放食物、文具與理髮。有天，一名當地人告訴他，「如果你不嫌麻煩，可以到自由小學看一看，他們非常需要幫忙。」他不禁納悶，在這裏發放已有一段時間，怎麼都不知道這一區有這麼一所學校呢？

循著路人的指引，來到自由小學的門口。要不是聳立在路邊的大石上，硃砂紅的刻字明明白白寫著「自由小學」幾個大字，他根本不敢相信這會是一所學校。

「到過那麼多學校理髮，我很明白辛巴威學校資源短缺的情形，也曾看過沒有窗戶的教室，但這裏還是讓我嚇一跳。」朱金財巡禮這稱之爲校園的地方，「九百多名學生就坐在破爛的帳棚下、樹下上課，黑板用鐵絲掛在樹上，沒有得掛的，就請學生拿著。」

愈深入孩子的校園生活，朱金財就愈心痛，「孩子們拿著幾張紙趴在沙地上寫字，手上的筆都短得不像話。沒有小刀可以削鉛筆，就拿父親的刮鬍刀慢慢削；也沒有像樣的書包，就以塑膠袋充當。」

透過修維德，朱金財了解學校成立的緣起，以及孩子們時常處於飢餓中，他立刻付諸行動，替孩子購買文具，並在中午時間供食，「剛開始一週供食一次，但不捨的心情，讓我逐漸增加到兩次、三次。後來，我將這裏的情形回報給臺灣的慈濟，他們陸續送來好幾貨櫃白米，如今一週供餐六天，週日由當地宗教團體援助。」

慈濟的白米來自臺灣農委會農糧署。想想不過才幾十年，曾經仰賴美國援助糧食的臺灣，已經能將吃不完的白米外送到需要的地方，且行之有年。

爲了協助貧窮國家百姓免於飢餓之苦，美國、歐盟與日本等經濟大國透過「糧食援助公約」及聯合國的「世界糧食計畫」對世界缺糧地區進行援助；基於人道關懷，臺灣農委會於二〇〇二年十二月，頒訂實施「糧食人道援外作業要點」，視國內稻米供需及公糧庫存情形，每年原則上提撥十萬公噸稻米，供政府機關或民間慈善團體申請，援助發生饑荒或重大災變的地區人民。

這十萬公噸稻米，原是作爲因應缺糧、天災等的儲備糧食，爲保新鮮，

一百多位學生在簡易教室裏席地緊靠，沒有課桌椅，他們將筆記本貼在大腿上抄寫。

每年新米一出，就會淘汰舊米。隨著，臺灣人民的飲食改變，雜糧麵粉取代部分對米飯的需求，儲備存糧往往未能消化，農糧署便將這些可食用的舊米，送往需要幫助的國家。

雖然是對外輸出的救急米，品質卻毋庸置疑，出口前會依照臺灣的標準檢測，根據每一百公克白米裏所含的各種不同米粒，例如像碎米粒、熟損粒進行分析，通過國家標準才得以向外輸出，一點也不馬虎。

二〇〇三年至二〇〇五年，慈濟為援助伊朗地震、南亞海嘯災民與南非等地貧民陸續提出申請；二〇一〇年開始，固定每年申請分別送往印尼、菲律賓以及南非等國，幫助長期關懷的貧困居民，「二〇一二年辛巴威受惠八十公噸，今年是一百八十公噸，一部分送到自由小學來。」

朱金財說，二〇一二年原本要送來三百二十公噸，「我嚇壞了，我只有一個人，怕自己做不好，白白浪費那些米。後來發現是多慮了，辛巴威需要的人實在太多！」

一天，朱金財開著車先載我們去買蔬菜與食用油，之後來到自由小學。不過才早上八點，約莫十名左右的社區婦女已經集結在自由小學燒起柴火，待熱水燃點一到，他們拆開印有「LOVE FROM TAIWAN」的十公斤包裝白米倒入鐵桶內，佐以食用油、鹽巴、蔬菜以及雜糧一起熬煮，平均每天要煮掉十二包的米。

「現在自由小學已經有一千五百位學生，我們也開放不是這個學校的學生來吃，平均一餐要煮兩千人份，若把米飯跟蔬菜分開來煮，會來不及。」朱金財拉著我到大鍋子前，看著婦女們將食材一一倒入大桶中，邊跟我解釋：「這一鍋雖然看起來不怎樣，但營養素很足夠！」

十二點開始，孩子們依序排隊，等候取食。人人手上拿著各種容器——有奶油盒、冰淇淋盒，甚至是家用小臉盆。有的孩子找不到容器，就跟同學借奶油盒的蓋子。

那高及大腿的大桶子，朱金財說至少可以供給四百人吃。根據我幾日來在自由小學的觀察，與其說四百人，不如說四百戶比較實在。

現場就有一個學齡前的男孩，手裏拿著一只鋁製小臉盆，小小的背扛著他的小妹妹，妹妹懷裏抱著布娃娃。兩個孩子能吃多少？頂多四分之一個臉盆飯量就差不多了，可是社區婦女接過臉盆後，大方地將一杓一杓的米飯舀進臉盆中，直到飯量高高尖凸，才小心翼翼地把臉盆交回孩子手中。

「他們拿的盒子都很大，我請這些婦女志工一定要裝滿、裝得尖尖的。」朱金財考量到的不只是孩子而已，「孩子吃的不多，剩餘超出的分量，足以讓他帶回家餵飽一家人。」

小男孩雙眼緊盯著飯，握著臉盆兩端的小手抓得泛白死緊，緩緩地步向一旁的小石堆。他先把妹妹從背上解下，再用手抓起飯，一口餵妹妹，一口給自己。「等他吃飽了，還要把這盆飯端回家給家人吃。」朱金財順著我的眼光，看著那對小兄妹，「就我們的眼光來看，這些食物很粗糙，但對他們來說卻是一餐饗宴。」

「除了供食，上人認為，當務之急是替孩子蓋教室。」朱金財眼神晶亮閃爍，「上人原本要蓋永久教室，但我們無法取得土地所有權狀。一來自由小學尚未通過立案，再者辛巴威土地多屬國有，尤其是如此貧困的地區，居民幾乎都只有使用權而無所有權，遑論擁有土地所有權狀。」

「可是上人心疼這些孩子，最後決定先為他們蓋簡易教室。」

二〇一二年五月消息確定後，朱金財馬上跟自由小學創辦人維修德討論，「我不相信，這根本是不可能的事情，連政府都做不到了，更何況是一名臺商？」

面對維修德的質疑，朱金財不以為意，一頭熱地投入整地規畫，並希望維修德與當地居民可以協助，「要把這些大石頭移開，還要把地整平，我需要你們！」面對朱金財的請求，當地居民雖然認為是做白工，而顯得意興闌珊，但平日受到他諸多援助，看在人情分上也就答應投入幫忙。

「一直到他拿出簡易教室建材的貨櫃提單來時，我們才真的相信，原來這是真的！」維修德興奮地說，當時大家樂不可支，紛紛動員。

朱金財先請專業爆破人員在巨石上鑽孔，放入炸藥將巨石炸開，居民們

修維德（左一）是自由小學成立的靈魂人物，如今校園漸上軌道，他與家長投入志工行列，不僅幫助社區孩子就學，也守護貧困的鄰里。難以想像這麼深具熱忱的男人，竟被一場病給奪走性命。

再以人力將炸碎的小石頭搬離，「大到搬不了的，就當場打成小碎石。大家拿家裏的小鐵鎚來敲，每天一、兩百人在學校敲敲打打，眞的很壯觀。」

「家用的鐵鎚沒什麼作用，我就去買二十四磅的來給他們用。」他感動地說，居民不僅出力幫忙整地，爲了省下鋪設地基的資金，他們努力地將石塊敲成小碎石，用來充當地基。

簡易教室是強化ＰＰ瓦楞板與輕鋼架構成，雙側有窗戶，上有天窗，具空氣對流效果，爲慈濟基金會所研發，在這裏是首次組裝運用，爲此臺灣七位營建小組志工特地前來協助。

「營建團隊每天早上六點出門，晚上八點回家，僅僅八天就把七間簡易教室給蓋好。」朱金財感佩，這群營建團隊的志工年紀都與他差不多，還得克服當時入冬之後溫差達二十度的天氣，「有個志工半夜起床時不小心跌倒，隔天吃止痛藥就撐著繼續上工；大部分的人離開辛巴威之後，都因爲勞累而病垮。」

志工的努力，換來的是孩子們的安心學習。培西絲開心地說：「現在我走在路上都覺得很驕傲，我會主動告訴大家，我是在自由小學教書；重點是，孩子們終於可以健健康康地來上課了。」

現在走進自由小學，七座圓弧型的簡易教室整齊坐落在巨岩之間，教室裏面唯一的教具依舊是小得可憐的黑板。學生們坐在地板上上課，沒有課桌椅，還是得像以前一樣趴在地上抄寫筆記。

即使狀況仍顯困頓，但自由小學有了教室之後，學生人數激增到近一千五百名，平均一位老師要負責兩百名學生的學習。三十坪的教室裏，學生摩肩擦踵地緊緊靠在一塊兒，才不至於被擠出教室外。

「我們心滿意足。」站在自由小學的入口，這裏是校園地勢最高的地方，修維德臉上盈滿著知足與驕傲。「現在我們有條件可以到教育部申請核可證明了。」

雖然學校尚未核准定案，還不能算是一間眞正的學校，七位老師當中，也只有四位老師通過教師資格，「但這所學校是眞正爲了孩子而創辦的，我

（照片／朱金財提供）

離開辛巴威不到十天，就聽說從臺灣寄過去的新黑板已經送達，學生們再也不用瞇著眼，努力看清黑板上的小字。

們並不比其他學校的學生差，甚至更好。」修維德口中的驕傲並非空穴來風，而是有目共睹。

辛巴威的教育制度規定，七年級畢業生必須通過畢業考試，才得以取得升上八年級的教育資格，「艾普沃斯地區前十名的學生，都是我們自由小學的孩子。」修維德自己也覺得很不可思議，但另一方面又認為本該如此，「沒錯，我們欠缺一切的學習條件，但是我們學校是以愛為磐石，愛的力量是很強大的。」

身為教職員的培西絲很是認同，「記得我剛來的那一年，月薪只有五十美元，現在雖然有兩百美元，但比起外面一般工廠或是商店的雜工能領到三百至三百五十美元還是少很多。一般正規的老師不可能想來。」

「那你呢？怎麼願意留下來？」我相信以培西絲的口條和學歷條件，即使在辛巴威的高失業率中找不到工作，也能到南非覓得一份不錯的工作。

一位家長拿著鐵板，大力地敲著「上課鐘」，培西絲不得不中斷我們的對話，準備前往教室上課。她從石頭上站起來，輕輕撥掉裙上的灰塵，給我一個很美麗的笑容，「因為值得。」

朱金財不捨孩子拿著塑膠袋裝書上課，在辛巴威覓得工廠製作書包；雖然製作成本高於國外，他仍將訂單留下，為崩毀的經濟貢獻些許心力。

孩子是辛巴威最驕傲的資產，也是未來的希望，但辛巴威一千三百萬人口，就有三百萬出走國際尋求就業機會，「讀書就是希望」這句話，以目前情勢而言，無疑是一句諷刺。

中午用餐時間，我把這個想法轉述給朱金財聽，他卻有不同的思維，「機會，是給準備好的人，如果哪一天辛巴威的機會來了……」他伸直右臂，指向廣場上正排隊等著領午餐的孩子們，「這群孩子就能是第一順位！」

離開自由小學前，我回首看著那七間簡易教室，像帳棚似地坐落在巨石之間。以臺灣人的眼光來看，它或許簡陋，頂多撐個三年就會面臨毀壞的危機，但自由小學的師生卻因爲有這些帳棚教室，而感到興奮與滿足，猶如北門人即使失去醫院門診，只得到牙科診療就覺得足夠的心態一樣。

點滴支援，杯水車薪，但對於一無所有的人來說，即使只是給他一粒米、一塊磚，甚至一粒砂，都是代表著希望，是吧！

第二十八封信

麵包超人

親愛的：

似乎在驀然回首間，生活窘迫的臺灣人開始餐餐吃白米飯，不必仰賴番薯簽塡飽肚子；雞蛋成爲餐桌上常見的食物，而非生病才有機會吃到的奢侈品。

我們常聽到「臺灣經濟起飛」這個詞，但對於經濟是怎麼飛起來的，恐怕並不怎麼理解。

臺灣近代經濟最糟，是在二次大戰後。各種產業在大戰期間遭受重創，商店、工廠、鐵路甚至學校都遭戰火破壞，加上日本政府停止臺灣人儲蓄金歸還申請，債券變廢紙。國民政府爲因應經濟紛亂，大量印製鈔票應付財政支出，不僅造成惡性通貨膨脹，也讓大量的民衆失業。

這段歷史發生的時候，你不過是個懵懂未知的孩子，而我則是透過課本得知——當時政府痛定思痛，一九五〇年代開始，推行一連串的政治、制度改革，大力推動經濟建設，尤其是一九七〇年代的十大建設，涵蓋交通、重工業與能源等重要建設，不僅緩和國內經濟停滯，還進一步帶動經濟起飛。

印象中念到這一段時，就連酷愛歷史的我也意興闌珊，要背誦十大建設實在痛苦，考試前邊背邊想：「要是只有五大建設該有多好。」

總之，臺灣小孩在還不懂社會脈動與經濟影響的年紀時，就已經被灌輸臺灣人民曾經苦過，然後在一連串制度實施後，猶如倒吃甘蔗，漸至佳境。

時光機尚未被發明，無法回到過去親眼見證，但是我跨越一個半球後就看到了，在辛巴威看到當年的臺灣——面臨惡性通貨膨脹與高失業危機。

連續多年被國際媒體評定爲全球最不快樂國家的辛巴威，和臺灣過往一樣，也曾想過要改革，無奈不受老天眷顧，推行的一連串制度，竟是讓原本已到谷底的局面再往下深掘。

在我們印象中，相對落後國家的人工較便宜，多爲外商投資設廠的首選之地，許多臺灣商人紛紛前往印尼、菲律賓以及中國大陸等地，以廉價的薪資僱請員工，降低生產成本。

辛巴威一般藍領階級一個月薪資大約是三百五十美元，換算新臺幣實爲低廉，但走訪辛巴威，發現這個國家的工廠竟少之又少。

「一九九五年我剛到辛巴威時，工廠很多。」朱金財解釋，辛巴威對國內工業有相關保護法令，「以衣服爲例，倘若要進口，光是關稅、營業稅等稅金加總起來就高達百分之九十五，每公斤又額外加十五美元。理應不會有進口的衝擊。」

政府提高關稅抑止進口，此舉不僅可以維持國內的消費價位，也保障相關產業生產。從近年來，臺灣對於要不要增加開放中國農產品進口，在新聞版面上沸沸揚揚好一陣子，也能略知保護政策的重要性，以及進口對相關產業的打擊有多大。

「可惜賄賂和腐敗破壞這一切的協調性，中國產品大量進口，首當其衝就是當地的製造業。」朱金財自己就是貪腐政權下的犧牲者，成衣工廠經營不下去被迫關廠，「現在辛巴威輕工業很少了，跟顛峰時期比起來大概減少九成。」

收廠後，一部分商人轉往南非尋覓商機，像朱金財轉爲批發並經營商店的也不少。老闆們還能另起爐灶，但基層員工該何去何從？朱金財表示：「我剛來的時候聘請一百三十個員工，一年之後降到七十人……百分之八十的失業率，聽起來很不可思議，但並不是沒來由。」

爲了保障本國人的就業機會，二〇一〇年，辛巴威政府通過一條名爲「本土化」的法案，列出十四項爲辛巴威本土人保留的行業，外國人不得投資，包含農業作物生產、交通營運、零售批發、理髮美容、職業介紹所、房仲、清洗服務、農作物碾磨、麵包製造、煙草包裝、煙草加工、廣告代理、牛奶加工以及旅遊產品生產與製造。

法案規定政府不再批准外國投資者的經營許可，但對於已經涉及這十四個項目的外國投資者，則要按本土化法案規定，必須招納另一名辛巴威人一起合作，且將百分之五十一的股權移交給本土的合股者。

「很不公平啊！辛苦經營，卻不分付出勞力，一定得將一半以上的收益給當地人股東。」朱金財家所經營的雜貨店正好是十四個項目的其中一項——零售批發。「還好我媳婦是當地人，可以用她的名字來擋。」

朱家的大媳婦是辛巴威裔的白印度女子，我沒有機緣與她相識，只在結婚照中見過她，眼神深邃，輪廓極爲柔美。

本土化政策立意良好，但也等於是在捧著白花花銀子的國外投資者面前，狠狠甩上大門。對於一個窮國來說，沒有國外資金挹注，要靠自己微薄的力量站起，處境艱難。

外國投資客不肯進入辛巴威的原因，還不僅如此。在辛巴威這些日子，每天早上我們會跟朱金財和李照琴一起到他們的雜貨店。雜貨店位於首都省的市中心，雖不是主要街道，但四十坪的店面、一個月含水電就要三千五百美元。

在我驚訝得無法思考，嘴巴張大成O字形時，李照琴繼續談到，這裏一個月的網路費是多少，記得也是一個天文數字，且網速還不算快。

「既然失業人口那麼多，生活消費又貴得嚇人，那政府有任何的……」我的話還沒說完，朱金財就截斷回答：「補助？都沒有錢了，還補助誰呀！」

政府沒有錢，只得增加稅收來平衡。我很早就注意到朱金財的小轎車與自用卡車上都沒有安裝收音機，「有裝的人，一年要繳五十美元稅金，如果

朱金財的太太李照琴在市區經營雜貨店，是支持他外出做慈濟的溫暖後盾。

沒有繳被抓到，得納二十美元罰鍰。」朱金財口氣中沒有氣憤，濃濃的無奈透露出認命的態度，「家裏的收音機一年也要繳二十元，裝電視價格更高，要一百元。」

第一位客人上門了，李照琴去招呼客人前，丟下一句話，「在這麼窮的地方，卻什麼都貴。我們在這裏生活也是很不容易。」

在艱難的環境下，朱金財行善的決心從未變更過，早期他做糧食援助，一次幾百條麵包地買；水污染時，爲了能買到藥，出手就是幾千美元；幫孩子理髮的工業用剃刀，一把一百美元，幾年下來不知已耗損幾百支……自一九九八年開始，朱金財自掏腰包行善，毫無外援，他也數不清付出幾十萬美元了。

「不是還有臺灣的慈濟給他支援嗎？」你或許會這樣問，因爲我也問過這個問題。

「二〇一二年之前，沒有慈濟人知道我在這裏做的事。」朱金財笑說，當慈濟志工必須經過見習、培訓，之後才得以受證。「我哪裏懂？只是看了電視，就自認是慈濟人。」

布施轉業障，這句佛經上的話讓朱金財走向不同以往的人生，然而他一開始行善是有目的的，「我是在跟菩薩交易，我爲你做好事，你保佑我一家平安無事。」朱金財笑說：「菩薩還眞的保佑我平安，一直到現在生活都很平順。」

「後來有一次我看了電視，才不把行善當作是在跟菩薩做生意。」朱金財回憶，那是二〇〇六年裝設臺灣的大愛電視臺開始，「我看到慈濟人到各國去發放、賑災，也在社區行善，心想，那不是我正在做的事情嗎？」

「那我也是一個慈濟人啊！」當時，朱金財在心裏自詡是一位慈濟志工，「我認爲自己應該要更符合慈濟的精神，也就是付出無所求，要有無私的精神。」此後，他前往社區供食或替學生理髮，甚至面臨辛巴威的霍亂與缺水問題，定期前往不同社區供水，皆不以個人名義，而是以慈濟的名義。

朱金財就這樣默默地做，直到二〇一二年南非慈濟志工發現他，證嚴法師才知道有這麼一個人。那年年底，朱金財返回臺灣受證，穿著慈濟的西裝制服上臺，由證嚴法師親自爲他別上委員證，隨後他上臺分享時說：「二○○六年，我看大愛電視臺時，就覺得已經受證了，今天我只是回來補領證件而已。」

在辛巴威行善並不輕鬆。集會不得超過十人，爲了遵守這項法令，每一次發放或是理髮，朱金財都得向相關單位申請許可，一層層向上簽核，總計要十一道手續。「即使有些地方已經跑了不下數十次，還是得依法上簽。」常常爲了幾個小時的援助活動，朱金財光是到各部門申請核可，就要奔波一個星期。

辛巴威政府財政陷入窘境，政府單位的電梯也時常罷工。一次，朱金財到衛生部門申請核可文件，蓋章審核的主管辦公室在十八樓，五十八歲的他，仍是一步步地往上爬去。朱金財行善最遠，是距離住家四百五十公里的地方。

五十五歲的朱金財只比你小四歲，你應該很明白這個年紀的體力極限到哪裏？所幸，證嚴法師已經知道朱金財在辛巴威以慈濟的名義做善事。

辛巴威志工分組，不定期至鄰近社區關懷，他們記錄下貧戶的困境，了解他們的心情，試圖想辦法幫上一點忙。

「有慈濟的援助，辛巴威將有更多貧民可以受益。」他露出和煦的微笑，「像是今年，慈濟送來一百八十噸的大米，那可以餵飽多少人啊！」

慈濟給朱金財許多的援助，讓他的愛可以救助到更多的人。臺灣的白米一貨櫃一貨櫃送來，朱金財可以幫助的人愈來愈多，但你若認爲，他因此可以不用從自己的口袋裏掏錢出來做善事，那可就大錯特錯。

以這些白米來說好了。雖然是以捐贈名義獲得免關稅的優惠，但要將這些米交付到需要的人手中，還必須通過衛生部、農業部、化驗單位等檢驗核可，層層手續就要兩百多美元。

檢驗過的白米入境後，上、下貨櫃有當地人可以幫忙，但運往鄉村的油資，朱金財得自掏腰包。而送到自由小學的除了白米，還有食用油、蔬菜、鹽巴和雜糧，這也是從朱金財的口袋裏拿出錢來買的。另外光是柴火、鍋具等雜支累積起來，每個月的費用也很可觀。

「我很感謝我太太，她對我要做的事情完全支持，我需要多少，她都是幾百幾千地給，從不給我任何阻力。」如今，朱金財這個名字不僅在慈濟的團體裏名聲響亮，在辛巴威政府高層中也頗受重視，可是他認爲這道光環

（照片／朱金財提供）

二〇一三年南半球冬季前，一百八十噸臺灣愛心白米與毛毯抵達辛巴威，在朱金財與當地志工奔走下，六、七月分送給艾普沃斯區一千八百戶貧苦家庭，居民載歌載舞歡慶。

不能只放在自己身上，「大家都知道朱金財，但是他們更應該要知道李照琴。」

提起非洲國家，多數人會浮現饑荒、貧窮以及旱地與烈日的印象。然而若是說到辛巴威，人們腦中的條列式便可以接著往下延伸，通貨膨脹、世界最大面額紙鈔，以及才剛選出的八十九歲高齡總統。

二〇一三年七月三十一日，辛巴威舉行全國總統大選，執政三十三年的穆加比再度以百分之六十一的得票率，贏得總統大選，這是他的第七任期。自一九八〇年脫離英國獨立，他即穩坐元首之位，也是非洲最年長的元首。

辛巴威不僅有執政最長也最老的民選總統，更在短短二十年內締造出許多的「破記錄」——它從非洲南部糧倉，變成需要糧食援助的國家；以不到十年的時間，通貨膨脹達到百分之兩百三十萬；以百分之九十一點二的識字率稱霸非洲，卻也因百分之八十的失業率遙遙領先諸國。

在這個傳奇國度中，我遇到一個傳奇的人物，你或許已經知道我要講誰，那就是朱金財。

成爲一名慈濟人，任重道遠，我曾問他：「肩上的壓力，沈嗎？」

他笑了笑，語句輕簡，「沈得很安心。」

我告訴過你，朱金財很愛笑，其實他也很愛哭。

他講到十五年前工廠被搶，哭了。談到在發放時，被警察以集會爲由，帶入警局審問時，也哭了。自己因爲理髮而染病，卻找不到口罩的困境，讓他揩了一次又一次的眼淚。談到孩子們窮到沒教室可以遮風蔽雨，淌在臉上的淚水沒停過。

我曾經跟你說，朱金財的人生故事很像麵包超人的作者柳瀨嵩，愈深入了解他、認識他，卻發現他的性格與思維，竟像是柳瀨嵩所創作出來的「麵包超人」一角。

柳瀨爺爺曾說，麵包超人是全世界最弱的英雄，「只要稍微弄到髒、淋到雨，就得跑去找果醬爺爺求救。可是到了緊急時刻，他就會撕下自己的臉，分給大家吃，接著繼續跟敵人戰鬥下去。」

歷經苦難、悲傷與挫折，柳瀨嵩集結近五十年的體會，創作出麵包超人，期望這一個角色不僅能帶給孩童無盡的想像與歡笑，也希望能夠透過麵包超人的故事，告訴大家：「我們的世界也是一樣，大家都是弱小的人，但也會碰到得堅強起來的時候。感到悲傷或逼近絕望的時候，請將你的手握成拳頭，然後用拳頭拭去你的淚水。如此一來，你就會感到有個想要重新振作的自己，從眼淚中重生。」

第二十九封信

國中之國

親愛的：

在辛巴威的第九天早上，朱金財帶我到郵局買郵票。我在郵政窗口買了十張郵票，雖然是一大清早，郵局的人臉上的笑容沒有起床氣的痕跡，親切地數了十張給我。

手裏捏著郵票，在郵局繞了一圈，朱金財靠過來問：「你在找什麼？」

「膠水。」我還在探頭探腦，難道是要直接跟郵局人員要嗎？

朱金財莞爾一笑，「什麼膠水，在這裏都用口水！」

雖然來到非洲南部已經接近兩個月，我還是很難從臺灣模式脫離。貼上沾有我的口水的郵票，把要給你的明信片寄出後，朱金財開車載著我與攝影記者，還有兩只大行李到機場。告別辛巴威這個傳奇國度，接下來的行程同樣在非洲南部，那是一個很小的國家，名爲賴索托王國。

你可曾聽過賴索托？

翻開世界地圖，指腹游移其上細細尋找，幾個宛如彈丸之地的「國中之國」，在國際上享負盛名，如法國境內的摩納哥、義大利境內的梵諦岡等；

然而談起世上最大的國中之國，卻鮮為人知，它就是位於南非共和國境內的賴索托。

賴索托原本不是一個獨立國家，而是南非境內的一支民族，所處位置就在祖魯族婦女志工居住的夸祖魯—納塔爾省旁。賴索托的當地方言意思是「說索托語的人們」，國內高達九成九的人都是索托族。

據說以往索托族分支多，最後由某一族的酋長莫舒舒一世（Moshoeshoe I）統一各族。之後面臨英國大舉殖民非洲，敵不過英軍的攻打與威逼，國王帶著群眾邊打邊撤退，最後撤到一個山巒疊障之區，國王帶著軍隊與子民爬上一座小山避難。

面對這支軍力薄弱，沒有武器槍砲，又得保護隨行平民百姓的軍隊，英軍並不放在心上，尤其這座山又是如此矮小。他們樂觀估計，約莫半天就能攻打下來。

英軍打算趁夜襲擊。

莫舒舒一世雖然沒有強弓彈砲，也沒有千軍萬馬，但是他很有智慧。諳知英軍一定會在夜裏發動突擊，於是派遣幾名擅長製作陷阱的勇士，帶著百姓一起在山區間布下層層關卡。夜晚，軍民出動投下雨滴似地大、小石塊，打得英軍爬也爬不上來。

「明明這座山那麼小！」白天英軍再度考察，他們認爲沒有道理會攻不下這座小山，於是又再度發動夜襲。

連續幾日，英軍不但沒有攻下這座不起眼的小山，反而被大、小石塊砸得潰敗連連。士兵們都說：「這座山白天看來小小的，可是夜裏會長大，他們一定有法力強大的巫師協助作法。」

就這樣，英軍決定撤退。索托族因此保存，並在此地成立一個國家。

歷史上這座被施以魔法，在夜裏會長大的山，保全索托族的命脈，他們稱之爲夜山，莫舒舒一世的陵寢就在上頭。我們抵訪不久，有幸能見到它，小小的，並不起眼，就跟這個國家在國際上的地位一樣。

賴索托沒沒無名不是沒有原因的。一名來此經商的臺灣人這樣形容賴索托：「它毫無具備一個國家該有的條件，尤其是經濟。」

這名不願曝光的商人語氣無奈地告訴我們：「做到政府的生意，就要有心理準備，得等好幾年才能拿到全部工款。」他開著車繞國境一圈，手指頭指著一項又一項的公共建設，告訴我們這些建設的由來——自南非進入賴索托的關卡建築是多國聯合的高地水源計畫署出資；國家圖書館、新國會大廈以及議會大樓是中國援建；科威特接手鋪下關卡至城裏的柏油路；走上快速道路，筆直平穩的路面是加拿大出錢出力，路邊一所設備完好的學校，則來自於亞洲日本的愛心。

貧困的政府得仰賴他國協助，人民的生活可想而知。

賴索托國土面積有三萬多平方公里，與臺灣相近，但可耕地僅二十四萬公頃，農耕與畜牧即使卯足全力開發、畜養，也養不起少少的兩百多萬人口。

自然資源匱乏，經濟基礎薄弱，賴索托被聯合國列爲最不發達的國家之一，勞工大多得越過國境前往南非礦場覓求溫飽。南非是世界礦產資源大國之一，居全球第五，在非洲獨佔鰲頭，每年約有五萬名賴索托人在南非的礦坑工作，緊密依附的臍帶關係，讓南非幣斐鍰成爲賴索托羅提之外，當地主要流通的貨幣之一。

千禧年五月十八日，美國通過一項促進與非洲國家關係的政經法案，名爲「非洲成長暨機會法案」，提供受惠國數千種產品，尤其是紡織品，以免關稅、免配額的優惠拓銷美國市場，賴索托即是其一，此舉大大激勵外資進入設廠。

如今，賴索托是美國在撒哈拉沙漠以南的非洲地區中，最大服裝輸出國，也是美國在非洲的第八大貿易伙伴。

然而，早在非洲成長暨機會法案實施前一、二十年，臺灣商人就已看準賴索托的潛力與商機。在臺灣的夕陽產業窮途末路之際，他們互通訊息尋找江山再起的一線生機，提起膽識攜手前往這個聽也沒聽過的國家，也爲當地人帶來開拓本土工作的契機。

賴索托前臺商會會長陳美娟，就是在那個年代來到這個山城小國，當年她的成衣工廠不過三百坪左右，舉凡倉庫、裁床、整燙至包裝等，通通精縮在內。

我們來到她的成衣廠，一股熟悉的氣味迎面而來，是爸爸紡織廠的味道，只不過這裏的機械油耗味比較濃一些。在裁縫機的喀搭聲中，我試想，如果當年爸的紡織廠遷到這裏來，現今我們一家會成爲這個山城小國的山大王嗎？

抵達賴索托的第一個夜晚，我結識了從臺灣來拓展事業的山大王們。陳美娟約從臺灣來此創業的同業，和這群臺商們聊，才發現身爲啓動農業國工業齒輪的第一手，並不輕鬆，他們得一個個從頭慢慢教會。

「要先拿一塊磚頭放在踏板上，再用雙手引領著他們的手往前織布。」

「當衣服裁片破了個洞，工人會到裁房申請另一片回來補……」

臺商們你一言我一語，熱絡的場面來自哭笑不得的過往。

陳美娟笑說，從穿線教起，一直到工人可以到線上車縫生產，平均一人要密集訓練兩個月，而集訓後的產能也不過百分之五十，因爲除了技術面，賴索托人的觀念也需要教導，曾經有員工對陳美娟說：「老闆，你既然有錢，直接給我們就好，爲什麼還要我們工作才給錢？」

對比中國、東南亞的勞工，賴索托工人的產能顯然不及，但仍是有利可

放眼望去，數不清的婦女、工人正忙碌著，年興紡織廠有好幾個像這樣的廠房。

圖。陳美娟的廠房迅速拓展至今，包含宿舍整整有三千坪，是以前的十倍，在賴索托設廠的臺商也從七家瞬增三十多家。

「臺商來此獲得的不僅是本身利益，也助益賴索托日益增多的失業人口。高峰時期，臺商提供約五萬五千多個工作機會。」陳美娟邊估算著當年的數據，其他人則補充著這些工作機會所帶來的生機，「想想，這些人口是靠政府提供救助金存活實在，還是受企業聘雇投入勞力工作實際？」這個問題的答案，在現場每個人心裏都是一樣的。

若調閱賴索托國土空照圖，最醒目的建築並非國王居住的宮殿，而是由一塊塊藍色屋頂拼接而成的廠房，這個賴索托最大的建築物，是臺灣人經營的年興紡織廠。

透過陳美娟的介紹，我們來到年興紡織廠參觀。在這裏，我看到國際品牌的牛仔褲，像Gap、LEVI'S的原型，片狀的裁切布正在工人熟練的動作與縫紗機輔助下，逐漸成型。

「我們的員工總計一萬多名，其中九千多是當地人。」年興紡織廠協理林見安進一步計算著，「我們一個月光是發給工人的工資就超過一百三十萬美金，這裏的人沒有儲蓄習慣，想想，每個月都有一百三十萬放在工人的口袋，隨著他們的生活足跡帶到這個國家的食、衣、住、行各行業裏，絕對會促使經濟成長。」

當時正值下班時間，年興紡織廠外的寬大四線道大馬路，密密麻麻全是從廠房湧出的人群。

若是精準地再將年興紡織的出口運輸、稅務計算等行政人員計算在內，這個金融圈無疑又要擴大，然而年興不過是眾多臺商之一而已，林見安說明：「賴索托的經濟收入來源，臺商占八成以上，每月至少提供超過三百五十萬美元薪資的工作機會，所帶來的經濟效應並非一朝一夕，而是持續性的。」

臺商在此賺取所需，賴索托人也得以在自己國家尋覓一份溫飽生活的工作，兩相得利，結果應是皆大歡喜，但是陳美娟卻告訴我，過往賴索托也曾有過兩次大暴動，受害的人幾乎都是臺商。

排華暴動在國際上時有所聞，印尼、菲律賓都爆發過大規模的排華事件，釀成多人死傷的悲劇，起因複雜，或因政治，或因經濟，以及貧富不均等。

賴索托兩度暴動都不是與華人衝突，一次是與南非的政治紛爭，另一次是選舉紛爭。華人著實委屈，剛好在暴風範圍內，慘遭無妄之災。

還記得我們在南非開普敦曾投宿黃坤發家嗎？一次晚餐席間，他告訴我們，早年離開臺灣時，他是先到賴索托。「一九七九年，我就去賴索托了，在那裏待了二十年。」黃坤發憶起在賴索托的日子，一臉輕鬆自在，「老百姓很善良，風俗習慣跟臺灣鄉間很像，非常純樸。誰能想得到會有暴動？」

一九九一年的暴動，起源於當時南非的一個反對黨窩藏在賴索托境內，消息被南非政府祕密得知，派遣調查人員到賴索托探訪，確定之後發動突擊行動。

「那是晚上喔！直升機飛來飛去，還打照明彈，天亮得像白天。」黃坤發說，當時他與太太嚇得躲到床底下，屋外傳來連環響的機關槍掃射聲，「第二天，在我的店附近一間小小房子，抬出四十多具屍體，血都從房子裏流出來……」

那晚，很多民衆趁亂到商家打劫。暴民手裏拿著石頭就往商家砸，並拆掉門窗入內行搶，偏偏當時在賴索托的商家幾乎都是臺商開設的。黃坤發不想讓這段故事聽起來太可怕，不禁揶揄地說：「還好他們是用很原始的方法，而不是拿槍。」

當時臺灣與賴索托有邦交關係，不僅派遣農耕隊協助農業教學，路上看到的紅綠燈，警察身上從頭到腳的裝備，都是臺灣靠著經濟起飛所賺來的錢買的，「軍人、警察盡量協助臺灣人避難，當時警察來帶我撤離，還派九個警察、三部車替我們開路，直衝軍營或是大使館接受保護。」

那次的暴動持續整整一天一夜，黃坤發所經營的修車廠，四千坪空間裏的硬體設備與材料全被搬個精光，搬不走的架子也被推倒破壞，空盪的修車

路過這間熱鬧的房屋前，我們並不知道他們在慶祝什麼？志工陳美娟說，這裏的人很樂天知足，隨時都會舞上一曲。

廠佈滿架子的殘骸與碎玻璃。

「才一天就嚇慘大家。之後商人整整歇業半個多月，才敢再進去賴索托開門做生意。」黃坤發說，也是因爲這一次的暴動，讓原本居住在賴索托的臺商，紛紛搬到邊界的雷迪布蘭。這個被臺商暱稱爲淑女鎮的小城鎮很迷你，連紅綠燈也沒有，屬南非境內，行車到賴索托邊界只要十分鐘，到賴索托首都馬賽魯也不遠。

一九九八年，賴索托暴動再起，這一次是因爲推選總理與國會議員所引起的政治暴動。

「這次更嚴重，整條街燒的燒、毀的毀，連移民局都被放火燒掉。對政府的不滿情緒，從公共建設延伸到商家，我親眼看到有人點燃瓦斯桶，瓦斯桶就這麼飛進商家裏爆炸。」一九九八年的暴動持續多日，黃坤發原本還慶幸自己在一九九一年之後，有替自己的商店保暴動險，「結果去談理賠時，保險公司竟然說這已經是戰爭了，保暴動險也沒輒。」

四處打劫，火苗亂竄，首都馬賽魯九成五以上建築毀於一旦，幾近廢城。最後還是南非政府出兵派軍協助平息。

「經過兩次暴動，你還認爲賴索托人很純樸嗎？」我問。

黃坤發給予高度的認同，「就是因爲他們太單純，所以容易受到煽動，很多人根本不知道自己在做什麼，也不知道爲什麼做這些事情。反正就跟著做，有東西可以拿哪裏不好？」

多年的努力付之一炬，一九九八年暴動逼退不少臺商，至今只剩下一、二十家。

但灰燼中猶仍可見星星小苗，一群臺商不但沒有抽退給賴索托的工作機會，反而放下個人的經濟損失，不僅在南非邊境的雷迪布蘭小鎮家中安頓華裔難民，也於暴動當時緊急採購物資，救助受傷遇劫的賴索托人，並持續爲難民提供食物。

「連當時的雷迪布蘭市長都感覺很奇妙，我們明明是受害者，卻還在幫助當地黑人？我說他們也是受害者啊！」臺商吳祥晃說，暴動之後，他們痛定思痛，集結力量，以商會名義捐贈物資，「爲什麼平民百姓也要加入暴民的行列？就是因爲窮。」

這群有心的商人是我在陳美娟家中認識的，他們呵呵談論剛來時遇到的天兵工人，難過地講述暴動劫難時所面臨的懼怕，卻始終沒有將受害歸咎在賴索托人身上，而是認眞地去探討原因，思索回饋之道，「賴索托好，我們也會跟著好，不是嗎？」

如今工人素質提升、工作積極，社會得以維持和平風貌，雖不能說全是臺商努力奉獻的關係，但是當年他們沒有棄賴索托人而去，想必也在無形中拉了他們一把。雖然他們搬離賴索托，卻沒拔除在賴索托的工廠，諸多工作機會，是賴索托人的寄託。

不過一開始，這群臺商在賴索托人的刻板印象中，是負面的。

源於一九八〇、九〇年左右，分別有兩家臺商公司向當地銀行貸了鉅額款項，名爲投資，卻很快就歇業離開，加上有些成衣廠爲了縮減成本、擴大勞動，每一條生產線設計得連旋身的空間都很有限，下班時間也總見臺商們吃喝賭博。這些負面形象很快就讓賴索托人和歐美援助機構，爲臺灣商人貼

山國小城的訪貧路不好走，不是因為路途坎坷，而是需要幫助的人實在太多。

上剝削、只圖利益的標籤。

在成衣廠工作的瑪玫蘿．莫凱磊（Mamello Mokhele）不諱言地說：「以前我們喜歡黃種人的沒幾個。」

瑪玫蘿是陳美娟工廠裏的員工，在陳美娟身上，她見證到臺灣商人有別以往的魅力，「我們的老闆雖然工作時很嚴謹，但是她會幫助窮困工人的孩子繳學費。」

她常隨著陳美娟出外發放、慰訪貧戶，看見更多臺灣商人和她的老闆一樣，不僅照顧員工，也照顧當地居民，「我以老闆爲傲，其他臺商的員工時常跟著他們老闆出去做善事，也有相同心情，臺灣商人正在改變。」

面臨國際勞力競爭、非洲成長暨機會法案到期以及原料不斷翻漲，目前賴索托的臺商僅剩下不到二十家，以陳美娟工廠爲例，生產線已從最具規模的十八條縮至十二條，但她不願妥協，「我一直在想辦法克服，以技術轉移、提供舒適環境來提高生產力。如果我不做，這些人該怎麼辦？」

這群臺商撐持著工作機會，維持社會經濟的平衡，另一方面，他們也不被大環境擊垮，反而相互提醒，走出工廠援助當地人民，「現在我們在國際

這些年收成銳減，婦女們販賣陶藝作品貼補家用。

的名聲已經有所改善。」

陳美娟話說國際，其實臺商們並非爲了個人形象，而是踏踏實實地愛上這塊土地。他們把臺灣的夕陽工業移轉至此，而賴索托並沒有讓他們失望，如今心存感恩的他們也想拉賴索托一把。

餐後，我一面協助收拾，一邊認眞考慮，明天往返雷迪布蘭與賴索托的邊境關卡時，要請關卡人員將出入境的章蓋得密集一些，以免才在賴索托沒幾天，護照的簽證頁就被蓋滿，我可不想回臺之後還得去換一本新護照，這是臺商們在餐桌上對賴索托最後的埋怨。

第三十封信

轉身　看見天堂

親愛的：

國小時，我參加校內的合唱團。在鄉下學校，這是件光榮驕傲的事情，畢竟是小學校，社團活動只有樂隊和合唱團，要參加這兩個社團都必須由老師親自遴選。

每天放學，被選爲合唱團的團員，會翹著鼻子跟同學說：「今天放學我們要留下來練唱喔！」我們在大禮堂摸著平常禁止觸摸的鋼琴，站在只有領獎時才會踏上的講臺，練唱期間，老師會買一盒一百多元的高級喉糖給我們吃……直到夜晚降臨的前一刻，伴著灰色的景物回家，晚歸對那個年紀的孩子來說，可以說是一種特權呢！

對了，去參加比賽時還會穿上一套雄赳赳、氣昂昂的制服，背心鈕釦是金色的，兩邊胸口處襯著黃色麻繩，很像軍官將領受勳時穿的制服。這套制服平時被壓在學校的一個箱子裏，只有代表學校出去參加比賽的學生才有機會穿上它。至今，我還記得那套衣服上的霉味，像寶藏被塵封多年的味道。

三年級開始參加合唱團，一直到六年級，我總共參與八首歌的練唱。即使過了十幾年，大部分歌曲都忘了，仍有一首曲子至今還能朗朗上口。歌名是〈大海啊故鄉〉。它是這麼唱的——

小時候　媽媽對我講　大海就是我故鄉
海邊出生　海裏成長
大海啊大海　是我生長的地方
海風吹　海浪湧　隨我漂流四方

小時候　媽媽對我講　大海就是我故鄉
海邊出生　海裏成長
大海啊大海　就像媽媽一樣
走遍天涯海角　總在我的身旁
……大海啊故鄉……我的故鄉

這首歌是某一年的指定曲目，我們靠著它拿下全縣合唱團大賽第一名的佳績。當年我認爲是因爲苦練而唱得好，如今想來，或許那是因爲這首歌貼近我們的生活，所以唱得格外有感情。

SPAZ
SHOP

我喜歡海，因爲是從小熟悉的環境，長大出外工作也選擇在靠近水域的地方生活。可是來到賴索托，我發現，其實山也不錯。

賴索托坐落在群山之間，平均高度爲海拔一千五百公尺至一千六百公尺之間，是名副其實的「天空中的王國」。賴索托總理帕卡帝塔．莫西西里（Pakalitha Mosisili）曾在獨立國慶典禮上說過這麼一段雋永的話語，他說：「賴索托，是世界上最靠近天堂的國家。」

來到賴索托，我訝異於它的天然美景，群山圍繞、空氣清新，抬起頭永遠是藍天和白雲，偶爾烏雲帶來一陣雨，雨盡了，天空也被洗淨爲清澄的藍。夜裏，抬眼看星，很難以手屈指細數，因爲眼前星子群聚，宛如銀河。

賴索托人民約有百分之九十信奉基督教，最靠近天堂，無疑是最大的祝福與榮耀。然而距離天堂最近的地方，就深受上帝的眷顧嗎？

隨著採訪的腳步深入了解，我必須坦白地告訴你，在這裏你看得見夢想，卻見不到現實。

賴索托的國家格言爲「和平、降雨與繁榮」，可嘆的是無一具足——連年暴動讓外商紛紛撤離；乾旱不雨造成糧荒問題，讓聯合國數次發出紅色警

賴索托主要出口為毛紡織品，尤其羊毛品質廣受國際喜愛。（上頁圖）

戒；國內人均產值僅六百美元，被聯合國歸類爲「最低度開發國家」。

諸神或許給了賴索托豐富的樂活環境，卻忘了要給予這兒的人們存活的條件。

歷經兩次暴動，賴索托外商嚴重流失，這幾年社會平和，不僅臺灣商人留存不少，許多中國商人也來一探商機。就在賴索托看似要順上軌道之際，考驗似乎不打算放過它。

走進年興紡織廠的倉庫，這是非洲最大的棉倉，滿倉時可容納六萬包棉花。看著一輛接一輛的貨車，將品質良好的棉花送進來，年興紡織廠協理林見安大呼吃不消，「我做紡織四十幾年，棉花價格一年比一年昂貴！」主要產棉地區，如巴基斯坦遭逢水患、中國新疆冬季提前來臨以及各地風不調雨不順等，讓棉花價格翻漲近五倍。

「棉花跟大豆一樣是農產品，我們常說，若要判斷棉花的價錢，就要去看大豆的期貨市場。」林見安話鋒一轉，談起農業，「看看棉花逐年漲價，就可以知道糧食短缺的問題有多嚴重。」

氣候變遷是近年來全球的焦點議題，美國科羅拉多大學一項最新研究發現，靠近加拿大東部的北極地區，夏季平均氣溫已創四萬四千年來最高！研究團隊以放射性碳測定法，檢視加拿大東部巴芬島融冰後出現的苔蘚，發現這些苔蘚最近一次暴露在空氣中的時間，是四萬四千年至五萬一千年前。

氣候變遷，全球暖化，非洲東部地區面臨六十年來最嚴重的乾旱，我們在新聞上所看到的瘦如排骨般的人民、凸肚的小孩以及乾裂的大地畫面，大部分都是取景東非。如今不僅東非有饑荒問題，以整個非洲來看，每人每年的糧食消費量僅有一百六十多公斤，是全世界最低。曾有人統計，非洲飢民人數高達三億！雖然這是一個不完全的統計，若以目前的實際狀況看來，很難令人反駁。

南非有「非洲麵包籃」之稱，這個美名卻沒有嘉惠這個被南非包圍的國中之國，彷彿國界劃分的不只是政治領土，還將糧食分配精準地切割開來，賴索托甚至被聯合國列入「大範圍缺糧國家」之一。

賴索托近四分之三的土地都是高地，農田則聚集在僅剩的平地中，短缺的耕地，讓產量不足以供應全國人口需要。

農民瑪恩波．恩撒宜（Mampho Ntsoai）向我們介紹當地的主食，她吃力地提出一袋粉末，那是由玉米研磨而成的粉末，「我們在春天，也就是九月栽下玉米，隔年三、四月就會熟成，但我們會留到五、六月才收成，這時的玉米穗相當乾枯，玉米粒經過剝粒、風乾，就能拿去磨成粉。」

瑪恩波熟練地將玉米粉倒在鍋爐裏，再加入適量的水，不時地攪拌，直到粉末吸水膨脹成泥，當地人稱此為「粑粑」，跟南非人所吃的玉米粉是一樣的。配上一點青菜泥，捏成型地一口接一口送入嘴巴，就是賴索托人的主食。

「我們吃不起米，種不出來也沒錢吃，也不吃新鮮玉米，那太奢侈了。」瑪恩波嘆了一口氣，「我們只吃玉米粉，它吸水可以膨脹很多倍，才能吃飽。」

據說玉米粉的膨脹倍數，是米飯的三倍之多。

即使在飲食上已簡單得近乎窮途末路，上蒼卻沒有因此而垂憐他們。

這家人的晚餐很簡單，一碗粑粑，還有一小團蔬菜泥。這時不過傍晚五點，媽媽說：「早點吃完，早點睡覺，就不會覺得餓了。」

祖祖輩輩都是務農人，瑪恩波也繼承做農的命運，天氣的異動是她每日都必須關注的功課，「近年來的天氣太詭譎了，兩年乾燥、兩年下冰雹，或是來了太多雨！」

「收成開始不夠，從小我就習慣去向鄰村的親戚借糧，偶爾也會見親戚上我家借，大家彼此支援。」瑪恩波才五十來歲，但是臉上的刻痕以及糧荒所膠著而出的憔悴，讓她看來像個六十多歲的老奶奶，「這幾年來愈來愈難借糧，因爲糧荒已經席捲整個賴索托，二〇〇七年那次的大旱，更是徹底擊垮我們。」

要擊倒一個堅毅又刻苦耐勞的農民並不容易，「絕收」兩字彷彿是阿基里斯的腳踝，是他們要命的痛點。

瑪恩波擁有兩公頃的田地，即使因爲缺水而廣種薄收，每年還能有五百五十公斤左右的收成，除了自足、儲存來年種子，甚至還能販賣，「但

大旱前幾年，就已經減產到一半不到。」

歸咎賴索托缺糧原因，是因為水的問題。

賴索托境內河流衆多卻湍急，豐沛的水資源主要集中在高山上，政府與人民都沒有經濟條件將水引流至下地農田。在這裏，一般人沐浴盥洗僅用一盆水擦拭，洗菜、洗衣的水還得留下來餵牲畜。田地的作物得仰賴上天，缺乏水利工程再加上雨水不甚豐沛，農民僅能耕作耐旱的高粱、玉米等作物。

賴索托眞的沒有發展水利工程嗎？有，而且還是世界著名的水利工程。這項工程在賴索托的高山地區，那天我們從首都馬賽魯出發時，大家還輕裝簡便，但是一到水利工程所在，全都冷得牙齒打顫。

我看到被群山圍繞的人湖泊，水量豐沛清澈，一望無際。很難與山下的居民正受無水之苦對比。

賴索托高原水利工程，是世界最大的輸水工程之一，卻不是將水輸送給賴索托農民使用，而是輸出到南非各省，「因為這個水利工程主要是由南非出資蓋的，賴索托只是象徵性收一些稅金。」陳美娟無奈地說。

窮國的命運就是如此，即使得天獨厚又如何？後天條件仍不足以抗衡。

高原水利工程被層層疊疊的高山環繞，風景優美，適合發展觀光。

瑪恩波居住在距離首都一個小時車程外的馬都崁地區，緊鄰邊界喀里頓河，是賴索托主要的糧食生產區，地位如同臺灣的嘉南平原。連這裏都面臨短收的命運，遑論其他地區了。

二〇〇七年，瑪恩波一如以往在初春八月種下第一批種子，「春季是我們的雨季，但是一直到九月都不降雨，充足的陽光很快就將幼苗曬乾。」瑪恩波趕緊再種下第二批種子，幾個星期後又種下第三批，直到夏季來臨、種子用罄，結果卻是徒勞。

「這意味我們來年都沒得吃了。」對話中，瑪恩波總在氣息交換時，以嘆氣斷句。

糧產短缺直接反映在價格上，不只農民難熬度日，勞動人口更深受影響。在陳美娟成衣工廠工作的帕絲凱琳娜．賽華蕾（Pascalina Sekhoari）說：「以前一包十二點五公斤的玉米粉大約五十斐鍰，可以讓兩個人吃上一個月。糧荒時期，一包玉米粉漲到八十斐鍰，雪上加霜的是，自家種的蔬菜也長不出來……」

然而，賴索托家庭人口數平均都有六口以上，像帕絲凱琳娜這樣的工人，每月平均薪資約一千斐鍰，糧荒時期只能應付肚皮溫飽，再也無力擔負其他。

糧荒讓農民與勞工叫苦連天，盛行非洲的愛滋病，無獨有偶地也向這個山城小國伸出魔爪。近年來，因爲愛滋肆虐而造成的大批孤兒們，更是難以生計。

十六歲的荷塔卓．查貝（Khothatso Hlepe）在父母雙亡後，利用課餘時間打工，獨立照顧一雙弟妹。童工收入不多，勉強還能度日，但隨著糧食價漲薄收，他不得不輟學，將所有時間放在工作上，卻仍無力購買糧食，鄰居也無法長期善心分食。

「有時我會想，再努力工作賺些錢，然後買一瓶毒藥，帶著弟妹一起離開，才是眞正的解脫……」小時候，我們最常寫的作文題目，是未來的夢想——老師、醫師、護理人員、科學家……美麗的夢在小小腦中拼湊著。荷塔

賴索托土壤肥沃，如果上天能給他們一些水，自給自足不成問題。

卓雖早早出社會工作，卻仍是個孩子，他的作文本寫不下未來夢想，只有滿格的絕望。

二〇〇七年，聯合國針對賴索托的饑荒發布紅色訊號，並向各國以及慈善組織募集糧食，賴索托政府也將全國劃分爲二十八個區域提供認養。

此時，臺商們紛紛居馳援角色，例如年興紡織廠就曾在工廠舉辦過幾次大型糧食發放；大部分的臺商則以「社團」之名，行善當地。陳美娟是慈濟基金會的志工，這年她換下鐵灰色套裝，走出辦公室，偕同幾位慈濟志工，向聯合國認養馬都崁地區，連續提供六個月的糧食發放。

根據聯合國規章，一公斤鹽巴、一公斤豆子、七百五十毫升的油以及二十五公斤的玉米粉，這些東西價格不高，卻能滿足一個人一個月的生命能量。每個月，陳美娟等志工總得想盡辦法四處採購食糧，提供馬都崁地區約八百位符合糧食援助條件的貧戶。

燃眉之急解決了，但是居民仍然悶悶不樂。

「大家常常打架、吵架，也會相互偷東西，治安非常糟糕。」瑪恩波說，過往的和諧互助已不復存在，村裏的笑聲與招呼聲愈來愈少聽聞，「伸手的感覺很差，隨時都要擔憂援助何時會停止，連自己都養不活自己的人，哪裏有尊嚴？」

居民的苦惱，志工感受到了，「我們也自問，糧食發放只是一時，但無法讓他們站起來。」陳美娟苦惱地說。

藉由每月發放，志工與居民從不相識到頻繁互動，最終變成朋友。大家彷彿成了生命共同體，一次又一次地討論解決方案，最終形成共識——發放玉米種子。「二〇〇七年的大旱讓他們沒了種子，我們送種子也給予祝福，祈禱天降甘霖。」陳美娟說。

居住在南非邊境雷迪布蘭鎮的志工，向商家購買質量良好的玉米種子，並依照農地大小分配，三公頃以下給予一袋十公斤的種子，三公頃以上則給兩袋，總計七萬多斐鍰、八千公斤的種子，分發到五百多戶農民手裏。

對於臺商志工來說，七萬多斐鍰的價格或許不算多，但是他們內心的那股衝勁猶如職場上的奮勇，陳美娟笑說當初根本就是孤注一擲，「其實那一年雨水仍然不豐沛，我們是在跟上天打賭，賭一場雨！」

瑪恩波回憶從志工手裏領到種子時，臉上的歡愉終於取代口中的嘆息，

「頭一個月雨沒有來，第二個月雨水就來了，而且那一年雨水不多不少剛剛好，虔誠祈求，上帝是會聽見的！」

「種子乍看之下，跟我們以往的差不多，但苗芽長出來立即分曉。」一直坐著談話的瑪恩波站起身來比畫著高度，「那玉米的根又粗又長，結出來的穗碩大飽滿，每一株都結有三到四穗，跟以前瘦小的一、兩穗比起來，簡直是一條壯牛！」

二〇一〇年收成月，如果走到馬都崁來，天天都能聽到農人邊唱著讚美詩邊採收玉米。陳美娟笑說，麻布袋裝不下全部的玉米穗，慣常披著毯子的賴索托農人還會解下毯子，將玉米穗包束在腰間，「成語『腰纏萬貫』的真實畫面，就在我眼前。」

收成那幾個月，陳美娟時常接到村民們來電詢問：「你們怎麼還不快點兒來？」

馬都岌聚落有一個廣場，舉凡婚喪喜慶、聚落會議都在此舉行，當志工們來到這兒時，村民早已依區列好隊伍，每個人身邊都還攬著一袋袋剝好的玉米粒，這是他們善的回饋，要將愛心回流。

陳美娟感動地說：「當初他們列好隊排在這裏時，是在等我們發放玉米種子，臉上是企盼；後來，他們以同樣的隊形排列，卻是要將種子回饋給我們，臉上是自足的驕傲。」

那一天，整整回收近六千公斤的玉米種子，當卡車緩慢駛出馬都岌時，還有農民從四面八方奮力挑來豐收的玉米粒，「甚至有人從山頭大聲吶喊要我們等一下。」陳美娟笑得像個孩子，「那天，我們帶走的不只是滿載的玉米粒，還有分量更重的感動。」

就在豐收曲吟唱告一段落，賴索托南方傳來龍捲風災情，距離馬都岌一個鐘頭車程的山地部落塔巴拿莫瑞那，受災五個月後，還有三十幾戶人家居住在帳棚內，以石頭搭爐、奶粉鐵罐做鍋，烹煮著盡可能蒐集來的食材。

這一次，不僅臺商志工投入救援行動，馬都岌那一群重新站起的農民，也出了一分力。「我們在討論該如何援助時，想到馬都岌回流的這些愛心種

冬季來臨前，慈濟志工發放白米與毛毯給賴索托貧戶。他們迫不及待地披上毛毯，直呼好暖和。

台灣佛教慈濟基金會
TAIWAN BUDDHIST TZU CHI FOUNDATION

子，於是拿去磨粉，並邀約農民們一起去關懷與發放。」

傳遞愛的玉米種子過程，當地電視臺做了專訪，馬都崁的農民表示：「以往我們條件差，幫助別人永遠沒有我們的份，如今我們做到了！」

他們一邊發放著親自栽種的玉米粒所磨成的粉，一邊鼓勵著塔巴拿莫瑞那的受災民眾，「即使你們今日受災，未來還是能夠站起來，當你們再度挺立時，別忘了再將這分愛傳給需要的人。」

或許天氣仍然深不可測，糧荒與絕收的情形也可能捲土重來，比如今年，我在賴索托也窺見短收的情形，但是農民們告訴我，在二〇一〇年的經驗中，他們懂得謙卑祈禱與互助相愛，「相信人們虔誠的願力能夠勝天。」

這個距離天堂最近國家的人民期盼，有一天當他們挺立抬頭望向諸神，是帶著滿足的神情迎接璀璨的曙光。

第三十一封信

俯拾皆寶

親愛的：

從南非到史瓦濟蘭、莫三比克，又到辛巴威與賴索托，非洲南部五個國家都讓我留下深刻印象。這裏的臺商志工都很熱情，總會利用採訪空檔，帶我們四處走走看看，種族隔離博物館、先民紀念館，都是偷空去的。

這些額外的行程中，最讓我印象深刻的，是在南非的普里托利亞。爲了讓我留下美好的回憶，他們特地帶我到距離約堡一個多鐘頭車程的普里托利亞野餐。

普里托利亞是南非行政首都。這個國家很特別，有三個首都，分別是司法首都布隆泉、立法首都開普敦，以及行政首都普里托利亞，中央政府就在這裏。

我們的野餐地點，是在中央政府前廣大綠色草坪上。志工們使出渾身解數，炒米粉、滷味、清炒蔬菜以及大量的水果，甚至連臺灣之光大同電鍋都搬出來了，裏面煲著甜湯。

草坪在陽光璀璨下，泛著油亮亮的綠，高度齊平，整齊得像是一張塑膠

普里托利亞先民紀念館內的浮雕，呈現早期荷蘭人逃亡至此建立城市，以及被祖魯族人追殺的過程。

地毯，看得出來每日都受到仔細的照顧與修剪，在上面找不到一張垃圾。

你會質疑我在出差時爲什麼還可以過著那麼享受的生活對不對？先別嫉妒，這只是震撼教育的前奏曲，野餐完後的下一站，我們要去垃圾場！

我從沒去過臺灣的垃圾場，以爲國家垃圾場應該就像學校一隅堆積垃圾的廢棄角落，只是比較起來大一些。沒想到第一次見識國家垃圾場是在南非，它像一座小山，我們得開著車，順著彎曲的土路，才得以繞入。

這是普里托利亞的四大垃圾場之一。細細觀察，在這裏附近築巢的鳥類何其多，牠們盤旋飛行在垃圾場上空，偶爾滑翼向下啄食垃圾堆中的蛆。

仰賴垃圾堆維生的，還不只這群鳥類。好多人也在垃圾堆中爬上爬下，手裏拿著一只麻布袋，不停地翻找著可以回收販賣的東西。

垃圾場負責人楊（Jan）指著垃圾場中那一群四處埋首搜尋的人，說：「每一天在我們上班之前，約莫七點就陸續有人來到這裏拾荒，平均兩百五十人至三百人不等，　直到傍晚五點才離開。」

楊是個白人，有一張討喜的大臉，午後豔陽曬得他一張臉紅通通的。雖然不停地拭汗，他仍然熱情大方地向我們介紹南非的垃圾與回收觀念。唯一條件是不能說出他的全名，「怕惹上麻煩。」他笑瞇瞇的神情中摻和著一絲嚴謹。

我的白鞋很快就被垃圾場的紅土染紅，但楊的分析令我投入，無暇顧及其他。他說，爲普里托利亞谷納垃圾的掩埋場共有四座，以他管理的這座來看，平均一天的垃圾量達三千立方米，「其中還有一部分是經過壓縮的。」

他說話的同時，身後一車接一車運載垃圾的大、小車輛未曾間斷。楊嘆口氣道：「看！垃圾就是如此多，裏頭大半是能回收的資源，每天來的這些拾荒人口，如果夠多、夠努力，頂多只能幫忙消耗掉五百立方公尺。」

楊苦笑開了個小玩笑，「如果南非再不推動資源回收，未來垃圾場或許可以養活更多人。」

楊拿出手帕擦拭不停流下的汗水，嘴巴滔滔不絕地舉例說：「有一個人來這裏專找鐵類製品，最高紀錄是一天賺七千多斐鍰，還有一個專找塑膠

在資源回收場中，很多人不顧惡氣難聞、雙手髒污，揮汗拼湊生計。

類，也曾一天賺足五千斐鍰，甚至有一個人靠著射擊場彈殼內的銅，兩天淨收十三萬。」

「別看他們是拾荒的，賺得可比我還要多，有個女人光靠賣這些回收物品，就蓋了一棟磚房。」楊笑說，工作之餘，偶爾他也會挽起袖子到垃圾堆中兼差。「在這裏，只要你肯弄髒手，就可以賺到錢。」

離開垃圾掩埋場，走在南非的街頭，會被一種特殊的「交通工具」給吸引目光。

那是一塊兩尺見方的木板，下方裝了四個簡易輪子，板子上方放置著一個兩百多公分高、需要三個大男人張手才能環繞的大麻袋，它的動能是人力，拖著板車的長長麻繩攬在身上，拉著向前行，偶爾「駕駛人」會將它當成滑板車，以腳力推動，這是南非特有的資源回收車。

他們往往三、四個人一組，每人撿拾的回收物各不相同，粗分紙類、鋁鐵罐、塑膠與玻璃，各司其職。他們在路邊撿拾、翻找垃圾桶，在社區，甚至會私下協議，一到十號我負責，十一到二十號才歸你。

回收板車一路從社區、街道，一直到上高速公路，迢迢路程的終點是回收場。

即使賣價低廉，十公斤的玻璃瓶才一斐鍰，但對於貧困的人來說，一趟辛勞就能賺得一日果腹；偶爾找到堪用的家具、衣物或是玩具，拿去販賣或是拿回家使用，又是一項額外的收入。

靠這些別人不要的廢棄回收物養家活口的人，臺灣也有，多的是。

記憶中，小時候村裏有一個彎著背的老奶奶，就是以撿拾回收物維生。她每天推著一輛四輪推車挨家挨戶要廢紙板。隔壁雜貨店進貨時，就會見她收紙箱收得笑瞇了眼；學期末或開學時，也能在我們家收到我和哥的舊課本、參考書。

推車被紙堆壓沈了，奶奶爲了生計，必須手腳並用，奮力向前推，背就更彎了。

中國東晉後期詩人陶淵明陸續做過一些官職，時朝政腐敗，賄賂風氣盛行，陶淵明因此說了一段永留千古的話：「我豈能爲五斗米向鄉里小兒折腰？」意思是說，他怎麼能爲了縣令的五斗薪俸，低聲下氣去向這些小人折腰獻殷勤？之後他退去官職，淡泊一生。

這種可以拖又可以用腳推行的拖車，是南非當地人自創的環保回收車。

學生時期念到這段課文時，我總會想起老奶奶的背影。她爲五斗米折了腰，只不過與陶淵明不同的是，這一折腰，是不偷不搶，理直氣壯。

現在臺灣靠回收物維生的人還是有，但已不若以往的多，因爲在政府的環保政策推動下，能收到的資源已愈來愈少。

二○○五年元旦，臺灣開始實施垃圾強制分類，一開始是針對都市地區，譬如臺北、臺中、高雄和臺南市等地，一年後才遍及全臺。以往收垃圾時間，只有黃色的垃圾車緩慢行駛在大小街頭，現在黃色垃圾車後頭又跟了一輛白色小貨車，專門收取回收物，倘若居民沒有按照規定分類，清潔隊不僅可以拒收，甚至會處以罰鍰。

我住的社區大樓就曾被罰過，有一次清潔隊發現垃圾中有回收物，告誡幾次無效之後，直接開罰，「一罰就罰六千，大家就幫幫忙別再亂丟了。」管委會總幹事不得不在住戶會議上苦著臉拜託大家發揮公德心。

臺北、新北市更進一步推行垃圾費隨袋徵收，也就是必須將垃圾丟入花錢購買的專用垃圾袋中，清潔隊才會收。

以臺北市專用垃圾袋為例，最小規格五公升垃圾袋，一個就要二點二元新臺幣，反觀回收物與廚餘則不需要丟入專用垃圾袋，也無須額外繳交清潔費。這項配套措施，大大提升民眾資源回收的意願，畢竟經濟不景氣，大家都想省點錢。

反觀南非，在垃圾場或是街頭尋寶仍是一股經濟優勢，為什麼呢？一體兩面，這裏沒有強制規定要資源回收，垃圾量自然十分驚人。

在南非，除了約堡、德本等幾個大城市有推行資源回收，其他省分與城市尚未啓動環保意識。「約堡也是三年多前才推行，大眾觀念仍未扭轉過來，很多人家裏只放一個垃圾桶，所有垃圾都往裏面丟。」楊說。

「政府不推動也動不起來，最大一個原因，就是南非的土地太大。」南非國土約一百二十餘萬平方公里，而總人口不過才近四千四百萬，如果和臺灣比較，人口數不到臺灣的兩倍，土地面積卻是臺灣的三十四倍大。

「南非國土很大，你大可把垃圾丟到你看不見的地方。但這是很被動的想法。」楊憂心地表示：「當人口增加、城市擴張，我們還有多少土地可以掩埋大量的垃圾？資源回收是勢必且絕對需要的政策。」

沒有政策、沒有教育，別說垃圾場即將飽和，南非街頭也愈來愈骯髒。一九八〇年即來南非的臺商張敏輝最有感觸，「當時還是白人政權，對環境衛生的宣導和教育較注重，街道相當乾淨，每週四傍晚還會出動機器清洗路面。」南非土壤富含鐵質，路面清洗後一片閃亮，「一堆人都說那是鑽石，我走在路上還常常被『鑽石』刺到呢！」

語末，張敏輝朗聲大笑，但說起近年來的環境，笑容就不那麼開朗了。

「我現在走在路上也會驚歎，南非的環境眞好，每棵樹都會開花，有紅、有綠、有白。」那張笑臉自我解嘲的成分居多，「走近一看，樹上掛的滿滿都是塑膠袋。」

張敏輝的話並不誇張，在南非期間，不論是交流道下的綠地或是公園草地，妝點其上的都是垃圾。

其實臺灣早年不也是如此？

有華語流行樂教父之稱的歌手羅大佑，詞曲創作大多偏向社會寫實風格。他在一九八四年作詞作曲的〈超級市民〉一曲中，即可看見早年臺灣垃圾淹腳目的情景。這首歌的開頭是這樣唱的——

那年我們坐在淡水河邊，看著臺北市的垃圾飄過眼前
遠處吹來一陣濃濃的煙，垃圾山正開著一個焰火慶典
於是我們歡呼
親愛的臺北市民，繽紛的臺北市
垃圾永遠燒不完，大家團結一條心……

幾年前，我曾以臺灣環保回收爲題做過相關採訪。屏東的吳玉英所轉述的早期臺灣街景，最令人印象深刻。

「短短一條街就能撿滿十幾個飼料袋的回收物。」她所敘述的那個年代，是在羅大佑創作〈超級市民〉的七年後。「我清晨五點多就出門去撿，像行軍一樣。」

當時資源回收的風氣尚不盛行，人們多以拾荒稱呼。吳玉英不為生活，只為環境清潔，但不了解的鄰居，多少會在背後耳語。吳玉英樂天以對，「撿一撿，環境多乾淨，走在路上也不會因為踩到鐵罐而跌倒。」

如今臺灣可回收垃圾達全部垃圾的百分之四十八，人均垃圾量也銳減為零點三五公斤，是以往的三分之一。

採訪吳玉英是在二〇一〇年的時候，政府推行垃圾強制分類已經五年，成效斐然。吳玉英也不再是當年那個體壯的中年婦女，「我現在輕鬆多了，真的是老來享福。」

南非的狀況和臺灣恰恰相反。

我在這裏認識一個經營民宿的白人女性，六十四歲的她，是出生在南非的愛爾蘭人。珮蒂．波羅（Paddy Porrill）回憶早期，人人分類做得徹底，連廚餘都會另外分開或是埋在庭院中，「南非的白人大多來自荷蘭、英國，在原本的國家就有回收習慣，因此無論是在家庭、學校或是政府機關都會教導這樣的觀念。」

談起黑人掌權後的改變，本身是市議員的她神情嚴肅地說：「當初，白人並未像教育自己孩子一樣地教育黑人。現在，在沒人督促的情況下，無論是白人或是黑人，都愈來愈不重視環保了。」

她的孩子就學階段所就讀的私立學校仍鼓勵回收，她會讓孩子把家中的回收物拿到學校，「孩子畢業之後，我就不知道該拿這些回收物怎麼辦？」

有一次，珮蒂將一堆玻璃瓶拿到公共垃圾場，一群孩子正在那裏遊玩，一不小心就被她丟棄的玻璃碎片給劃傷，爲此她心痛好久，卻無能爲力。

事件不久，她到英國倫敦探望小孫子，每天帶孫子出去散步時，孫子總會隨手帶著家裏的塑膠瓶與鐵罐，「奶奶，我要把它們丟在塑膠罐銀行以及鐵罐銀行裏。」他所謂的銀行，就是分門別類的資源回收桶。

這件事，給了她一個主意，「我結合公益團體，仿效歐美國家的資源回收銀行制度，在公共場所或是賣場放置資源回收桶。」一開始，賣場很配合，但很快的，資源回收銀行即宣告瓦解，「晚上會有一些流浪兒童把鐵罐、塑膠瓶倒出來，然後窩到裏頭睡覺，反而造成另一種社會問題。」

珮蒂搖搖頭，無奈地表示：「如果要確切地做到資源回收、垃圾減量，不是在路邊放置資源回收桶就可以辦到，還是得從教育起頭，環保意識得先

志工不僅在斐京華僑公學校做分類回收，也
利用課餘教導孩子回收的概念。

在心裏扎根。」

環保意識必須在心裏扎根，有一群人不僅意識到，更付諸行動。

來到創校已七十七年的斐京華僑公學校，這所原本只招收華人的中文學校，在一九九三年起開放各色人種入學，翌年學校開始邁向多元化，籌辦各式社團，其中創校人之子何兆昌最重視的就是環保社團。

「一開始，我們走訪許多私人經營的資源回收場，請他們提供回收的桶子，並定期來學校收取。」何兆昌說，當時他們積極在校內推廣環保，「環保推動其實就是一種滾雪球效應，既然大人難以養成回收習慣，那就從小孩開始教，學校是一個很好的起點。」

一開始，孩子們很認眞執行，然而美好的起頭很快就灰飛煙滅，「回收場來得不定時，桶子很快就裝滿，甚至囤積到桶外，校園開始髒亂。」莫說師生，家長也抗議連連。

在何兆昌執行得心灰意冷之際，有一天，對門鄰居來按他家門鈴，他知道這位華人女性是公益團體的志工。

「我們想在你們學校成立環保站，可以嗎？」來自臺灣慈濟基金會的志工楊月英，當晚拜會的重點就是這一句話。

何兆昌隔天就將這個訊息傳達給董事會，董事會與家長會擔心的不外乎就是會造成環境髒亂、蠅蟲滿天飛的問題，因此從不斷的開會、討論，一直到環保站落成啓用，足足花了一年的時間。

「校方唯一的條件，就是環境要整潔，不許有味道。」無論歷程多麼艱辛，楊月英仍笑得燦爛，「慈濟在臺灣做環保回收已經二十年，臺灣政府也推行得很好。每當我走在南非街頭，看到那麼多垃圾，就想，該怎麼把南非的環保帶動起來？」

「這個學校有三百個學生，假日還有一百多個孩子來此學中文，總計就有四百個家庭。」楊月英懷抱美夢，「若能從這四百個家庭拓展出去，影響會像漣漪，愈擴愈大。」

志工不但利用較長的下課時間帶著學生做分類，也向家長宣導環保概念，「原本我們請孩子每週五將家裏的回收物帶來環保站，現在每一天都有孩子把回收物帶來。」

志工們愈做愈起勁，每週兩日到學校處理回收物，環保站站長嚴道明在短短兩個月內就瘦了五公斤。「兩個月收到五百公斤左右的回收物，要載去回收場賣的路上非常的開心。」嚴道明拿出手機，秀出那天的估價簡訊，「結果全部才賣一百七十三塊五毛五，我心灰意冷了三天……」

南非地大路遙，光是從學校到回收場的路程就有二十五公里，要自己過地磅、下貨，再扣掉油錢，以及兩個月來的人力付出，實在不敷成本。

但若靜心觀察斐京華僑公學校的上學時段，可以看到一個很有趣的現象。孩子一下車會繞到後車廂拿出書包揹上，接著再拿出來的是一袋袋的回收物。環保已成了學生與家長的生活習慣，這爲志工們打下一劑強心針。

近日，五、六位志工又載了一車足足有四百一十公斤的瓦楞紙到回收場，淨收一百四十三元，大家開心歡呼，「不是爲錢，而是爲日益增多的回收量，因爲這代表環保教育有了成果。」嚴道明說。

「我覺得困難的事情，志工做到了。」何兆昌說，志工憑藉的不只是慈濟在臺灣的二十年環保經驗，「還有他們堅定的信念與毅力。」

跟志工們一起在斐京華僑公學校分類回收資源後，我們載著一袋袋回收物前往私人經營的資源回收場。成堆的寶特瓶、鐵鋁罐以及紙類正被機器壓縮體積，轟隆聲不斷回響，爲靜謐的住宅區帶來一股不同的熱鬧。

負責人阿伯利．穆勒（Abrie Moller）充滿自信地向我們介紹著，當年公司的執行長以一臺小卡車起業，不過二十年光景，就有十六個分支點，「先進的國家都在推行環保，甚至強制人民要在家做好環保分類，南非勢必也會走上這條路。」

「這裏的回收物大約百分之七十是我們到各個社區、賣場收來的。」阿伯利說明，他們會到社區詢問住戶與賣場，是否願意免費將回收物給他們，「若住戶願意，我們會給他們回收桶，每週固定時間來拿取。」

阿伯利進一步解釋，其餘的百分之三十，大部分是拾荒者拿來賣的，

志工走入雷地史密斯鄉間推動環保，響應的幾乎都是孩子，他們說做這件事很有趣，也很有意義。

「近幾年來，環保意識抬頭，有愈來愈多企業以及零散的住戶會主動將回收物載來，並表示不收取任何費用。」

隨著近年氣候暖化加劇，聯合國發出警訊，並認同資源回收確實能造成影響。美國加州政府曾經做過統計，全州回收的資源不僅可以供電一百四十萬戶、減少兩萬七千餘噸水污染，甚至能減少相當於三百八十萬輛汽車的碳排放。

無論是垃圾場裏求生的人，或是街頭拾荒者，他們無意間成了南非第一批環保尖兵。而在志工的帶動下，也有更多人並非爲了果腹度日，卻願意忍受奇異的目光彎腰撿拾，環保風潮在少數人的一拾一撿中，已吹動南非人們心中那株愛護大地的幼苗。

什麼時候南非廣袤的草原地都能像中央政府前的草地一樣乾淨清澄呢？一定可以的，我拭目以待。

第三十二封信

飽滿的力量

親愛的：

朋友們知道我每天帶便當上班，很訝異地問我：「你會煮飯？」「當然會，我都快三十了！」

年近三十，這是一個不能再放縱自己當一個孩子的年紀，必須要學會成熟。洗手作羹湯不是什麼大不了的事情，我身邊已經很多朋友走入家庭，爲人妻、爲人母。你在我這個年紀的時候，也早已褪去少女的夢想，扛起現實的家庭生計。

三十而立，出自《論語．爲政篇》。儒家創始人孔子認爲，三十歲應該是自立於世、學有所成的年紀。至聖先師這句話很有智慧，即使經過兩千年，仍然適用於現代。我在南非遇到一群年紀與我相仿的年輕人，他們個個都是三十而立的最佳代言人。

兩年前我曾到南非採訪，那年三月，慈濟志工在雷地史密斯舉辦了一場「本土教師研習營」，邀請七所當地小學的校長與老師參與；一百多人的活動，從規畫、執行、場布到講師，全由這群年輕人負責，他們有個統一名稱，叫做「慈青」。

慈青，全名爲「慈濟大專青年聯誼會」，顧名思義，是以大專院校學生爲主要成員；但是在南非，無論是十四歲或是三十五歲，只要是年輕志工，統一名稱就是「慈青」；任何慈濟活動中，都能看見他們承擔要務的身影。

看著這群年輕人毫無畏懼、有條不紊地進行課程，慈濟基金會前南非分會執行長施鴻祺讚歎道：「慈青很棒，別看他們年紀小，我可以很肯定地說，他們幾乎可以取代我們這群年長志工。」他逗趣地說：「看到他們，就覺得自己老了！」

在南非慈濟志業中，無論任何活動，慈青幾乎都身居要角，每個人負責的不只是單一任務，常常要發揮多功能，將兩、三個任務攬在身上。

雷地史密斯慈濟志工不多，籌辦教師研習營時，請求三小時車程外的約堡慈青支援。當時蔡凱帆接到任務電話，他問：「我們要準備什麼？」年長志工告訴他：「整個營隊都交由你們負責。」聞言，蔡凱帆一如以往鎮定，且毫不猶豫地應允。

「南非志工人數不多，工作一來，每個人都要承擔，沒有年紀區分。」

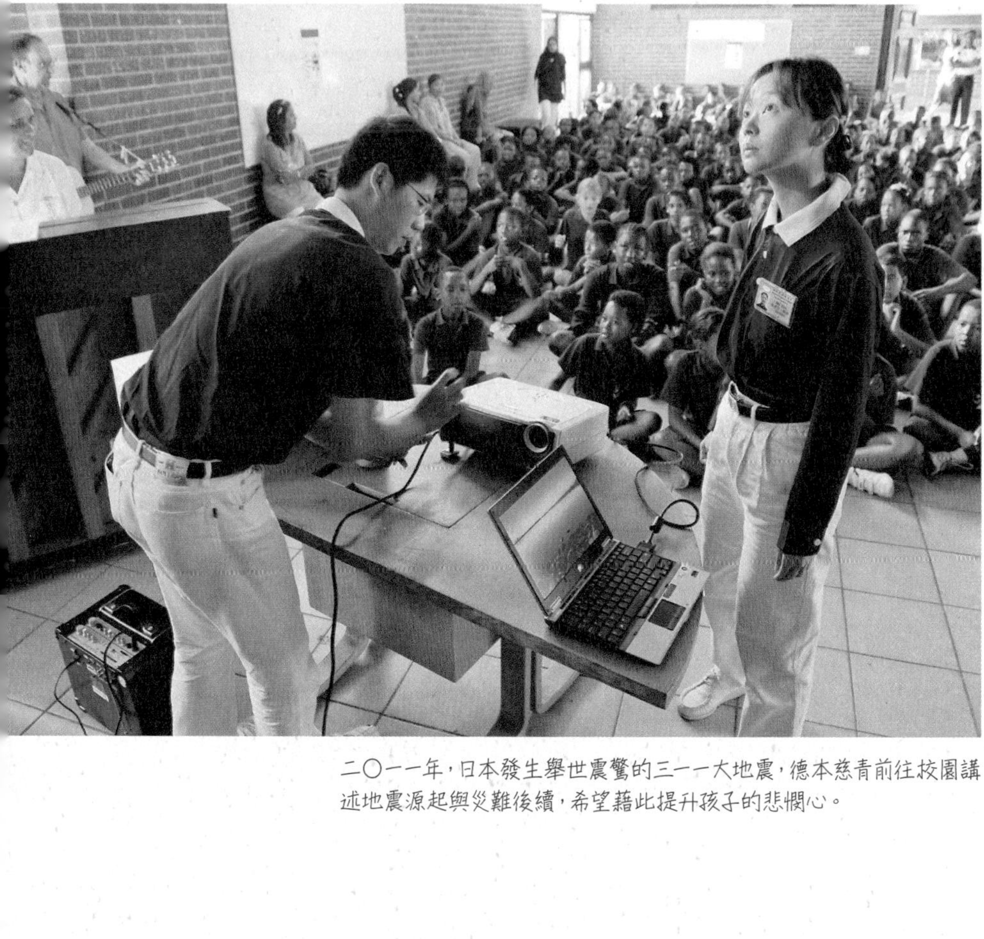

二〇一一年，日本發生舉世震驚的三一一大地震，德本慈青前往校園講述地震源起與災難後續，希望藉此提升孩子的悲憫心。

凱帆將一切視爲理所當然，「沒有人主持或分享，我們就上臺；沒有人帶活動，我們就去帶團康。」

在德本的另一位慈青袁亞棋，剛移民到南非時正好遇上大型營隊，「師伯希望我們幾個年輕人能各自負責講一堂課，其他人都很自然地點頭說好，轉身就去準備，只有我楞在當地。」

當時她才來南非四個月，自認是懵懂無知的菜鳥，但年長志工卻全然信任地將重責大任交到她手中，讓她驚訝；但漸漸地她也習以爲常，「在這裏待得愈久，就愈有自覺，年輕人不能永遠都把自己當成是孩子。」

再回頭問問年長的志工，難道一點也不擔心嗎？志工呂月霞充滿信心：「慈青在南非長大、接受教育，比我們這群三、四十歲才來的老人家，更了解南非的環境及情勢。最重要的一點，是他們的英文很流利。」

南非人以英文爲主要語言，華人不多，年長一點的志工，大多是經商移民的臺灣人，即使平均在此待上二十年，英文能力僅限於生活溝通，上臺講課對他們來說不是勇氣問題，而是怕無法深刻表達，可想而知，慈青所擔負的責任有多麼重大。

南非慈青對於龐大的責任並不感到是壓力，猶如凱帆所說：「現在所做的，跟未來要做的事情，心念與方向都是一樣的。把現在的志工生活，當作是提前實習、提前培訓。」

即使想法成熟，確定志向，但他們也曾經有過年少輕狂。三十四歲的亞棋，大學時代是個走在流行尖端的女孩，一頭栽入街頭熱舞的世界中。她所就讀的大學也有慈青社，她的觀感是：「一群熱心公益的年輕人，會比手語、帶團康，很健康也很有活力。」但要和這群人相處，當時的她認爲要「放下身段」，她笑說當年的想法，「認爲慈青是很落伍的年輕人，所做的都是書呆子才會做的事情。」

大學畢業後，亞棋對未來感到迷茫，不斷探尋人生方向；她試著在佛典中找尋答案，也因爲接觸慈濟，才開始依循志工的腳步走去。

志工服務中，每每見到貧苦困頓的個案，或是見證本土志工即使自身貧困，卻因不忍之念，仍日日餵養數百孤兒飽腹一餐，亞棋的心靈開始蛻變。

在約堡腦性麻痺收容中心，蔡凱帆協助病患復健並辨識數字。而立之年的他，投入志工行列已十七年，行善付出後的心靈滿足讓他格外珍惜。

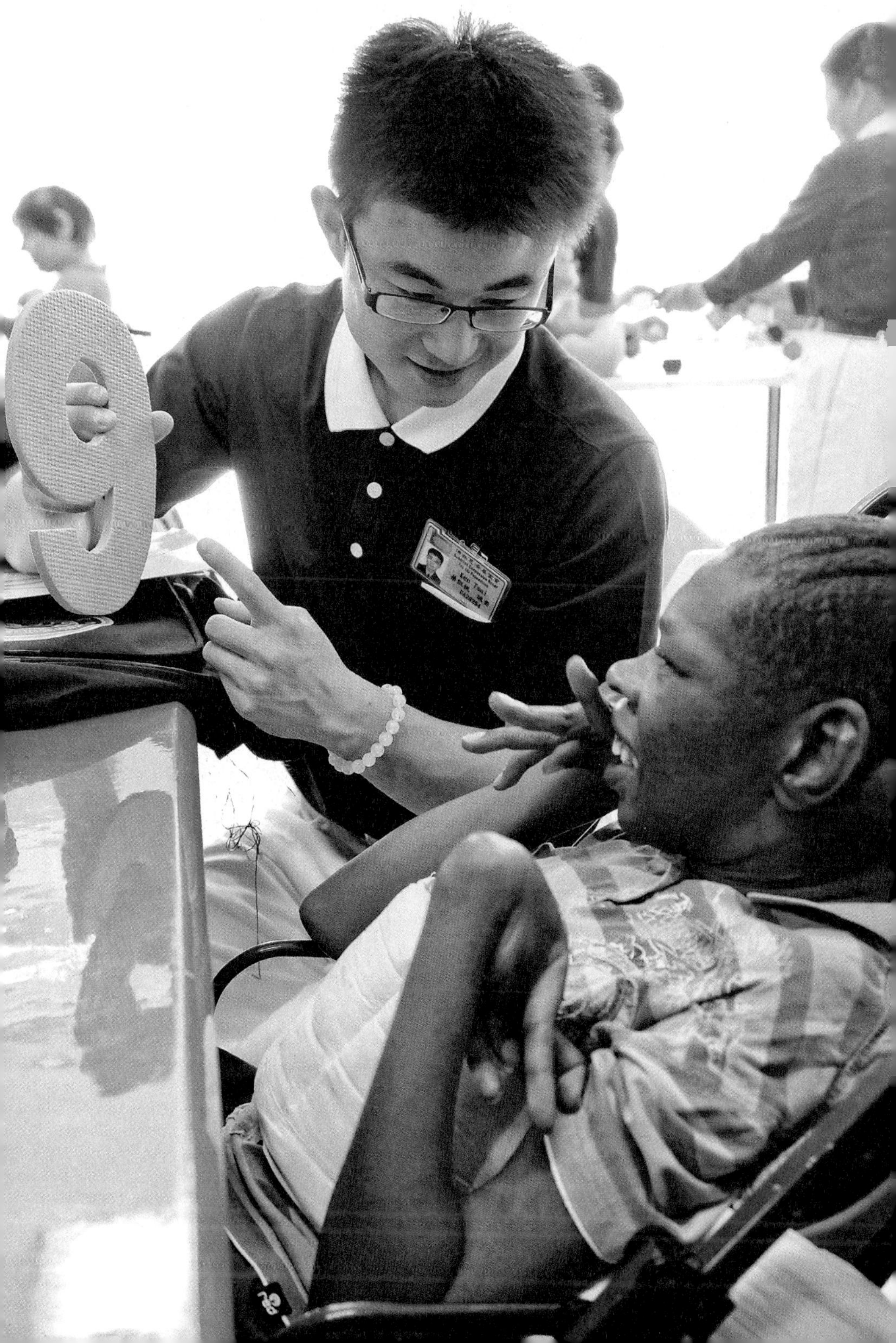

「現在回過頭來看那些一起跳街舞的朋友，發現他們的生活沒有多大改變，一直在追求酷炫的事物，或爲感情折磨，對未來也沒有計畫。」

以往追求流行時尙，常在舞臺上吸引衆人目光的她，如今最常穿著志工服走入窮鄉僻壤。藍白兩色的衣服，雖不炫麗，但我認爲閃耀在她內心的光輝，更能襯托出她的亮麗。

相較於亞棋，凱帆的經驗不同卻也相似。

「我曾離開慈濟一段日子。」凱帆十四歲就投入慈濟，假日、課餘時間幾乎都在慈濟團體中度過，朋友們疑惑：「爲什麼你都不出來玩？」「何不跟我們去夜店喝酒？」「假日一直從事慈善活動不煩嗎？」……

於是，凱帆走出朋友口中的「慈善圈圈」，投入花花世界；但過不久，他還是回來了。「可能是玩過了吧！覺得不是想像中那麼好玩。」對他而言，玩，是一時的情緒滿足；做志工、一心一志投入付出行列中，所得到的心靈成長，是一股強大的飽滿力量。

長期帶領慈青的呂月霞表示，有些慈青很年輕，但也有好幾位成家了，「在我們心中，不論他們幾歲，都是孩子。」她坦承最初也不敢放手，最終讓她信任的，是專屬於年輕人的勇敢無畏。

三十五歲的慈青學長騰緯，學生時期跟另一位慈青奕瑋開車經過一個約有四百多戶的鐵皮屋區，兩位年輕人看到眼前雜亂的鐵皮建築、小而髒亂的居住環境、貧困的住戶群……心想：「需要我們幫助的對象，就在這裏。」

過往的黑白對立，造成種族衝突、貧富差距，犯罪搶劫事件高居不下，但這兩個大男孩以悲心克服惶惶不安，走進白人避之唯恐不及的黑人貧窮社區。他們帶動社區內的小孩做環保，改善髒亂的環境，也期待藉由資源回收所賣的錢，為簡陋的社區安上幾支水龍頭，解決飲水問題。

「他們這麼做，把我們都嚇壞了！」呂月霞厲聲警告：「太危險了，下次一定要有大人陪。」之後，年長的慈濟志工跟著他們再次進到黑人社區。他們建議將車子停在加油站，徒步走進社區，避免不必要的劫車危險，並殷殷叮嚀：「不能帶任何東西，相機、皮包等都要拿起來，讓他們知道你身上什麼都沒有。」彷彿角色對換般，他們的語氣像個小大人，從內散發出成熟。

「約堡第一個鐵皮屋區關懷，就是這樣做起來的。當時我們感受到，不能小看孩子，他們有想法，而且也有方法。」呂月霞笑說：「我們很傳統，孩子們的觀念很創新，做事常有加倍效果。如果他們做得比我們好，爲何不讓他們發揮？」

一天，我跟著騰緯以及奕瑋來到他們長年關懷的社區坦碧莎，這是一個黑人社區，雖然不像鐵皮屋區那麼窘迫，但生活也不好過，類似貧民區。

騰緯坦白地說，在坦碧莎那麼多年來，他們做過發放、急難救助，效果卻不如預期，「發放的食物幾個星期就吃完了，對他們的家庭和未來生活，一點改變也沒有。」他們也曾經做過職業訓練，「很快就被成衣廠打倒，我們做一件衣服要七天，工資含成本要兩百七十元，但是成衣廠一件只賣七十！」

愈在慈善中鑽營，兩個年輕人就愈困擾，最後他們終於突破所謂的「慈善迷思」。

「慈善不應該只是單純的給他東西、幫助他。」騰緯才長我幾歲，但是與他對話，總覺得涉獵廣博的他，說起話來帶點哲學味。「慈善的整個過程應該是一個教育，他要學會對自己人生負責；我們發現，太多慈善反而剝奪他們學習的機會。」

「復健中心就是一個突破慈善思維模式的慈善。」騰緯的笑容還是像個孩子，「我們在這個地區嘗試過各式各樣的慈善模式，這個是當初認爲最不可能做到的，卻反而是最成功的。」

復健中心其實只是間小鐵皮屋，屋內晦暗，幾張不成對的沙發椅、一張破舊的醫療床，幾個黑人志工正在幫病患做物理治療，他們一邊協助病患伸展、按壓，一邊溫柔地撫慰，話語不能減輕疼痛，只能帶來一點鼓勵，讓病患持續下去。

「我們發現這一個社區中風的患者很多，無論輕微或是重度，不是被家人遺棄在床上形同自生自滅，不然就是被照顧得太好，時間拉長，他們也失去僅有的能力。」奕瑋跟騰緯兩人，原本依循年長志工的模式，固定家訪慰問，提供關懷，偶爾帶來物資以解燃眉之急，但漸漸的，他們質疑這麼做能帶來什麼進步？

奕瑋苦思進步之道，「不如來替他們做復健吧！」

他透過介紹，積極接洽鄰近的大型醫院，醫院沒有收費與拒絕，歡迎他們來學習復健相關常識。「那天，我們和黑人志工約十人一起到醫院去，兩個復健師來教我們一些常識和基本動作。後來，他們把我們轉介到地區醫院，在地區醫院我們學到更多。」

「大型醫院的實作課程少，但我們在那裏獲得一個很大的啓示，醫師說團體治療是非常有效的。」奕瑋進一步解釋，通常復健是一對一，所謂團體治療就是將病患集中在一起。這是一種心理學，當病患想放棄時，會看到身邊和他一樣的人都在努力著，而且都有進步，於是也會激勵自己持之以恆。

「像這樣一家大醫院，一個月做幾次團體復健？」奕瑋問醫師。

「一個月一次，基本上一週兩次才是最好。」

「在南非，只要你有身分，到公立醫院看病都是免費，但是復健還是要付費。」經濟考量還不是唯一的阻礙，騰緯曾陪一個病患去醫院，「排隊就要一個上午，醫師診療十五分鐘，拿藥又要等一個下午。」

或許你會認爲，就憑兩個三十幾歲的年輕人以及幾位社區黑人志工——而且大多是上了年紀的婦女，如此組合，眞的能做到專業復健師所能成就的事嗎？

我原本也抱持同樣的想法，結果證實我的思維大錯特錯。

在坦碧莎的復健中心外，我看到一個年紀與我差不多的女子，正拄著拐杖，一步一步地走，她走得很緩慢，短短十公尺的平地路程，就讓她汗流滿面、氣喘吁吁。

等她來回數十趟，終於肯坐下來休息時，我走過去與她攀談。南蒂帕．瑪拉帕（Nandipha Mlata）才二十七歲，比我還小，但是四年前卻因爲中風導致雙腿無力行走，她一度認爲，自己已經沒有未來。

「來到這裏之後，復健很辛苦，又累又痛，可是我發現自己不是在場唯一中風的人，而且大家都很努力。我還那麼年輕，怎麼能輸給他們？」南蒂帕那張少女的臉龐神采飛揚，若非我看見她剛剛行走的模樣，實在很難想像她會是一個中風患者，「或許你看我的狀況還是很糟，但是我覺得自己就快好了。我百分之一千相信，總有一天可以回到以往。」

南蒂帕說完，就被志工們叫去，兩人合力開始爲她做物理治療。

「我們復健的動作就是那幾招，反覆地做，但因爲頻繁，所以成效很好。」奕瑋走到我身旁，指著屋梁上的一條塑膠繩，笑著對我說：「除了有志工可以幫忙做物理治療，病患也可以在這裏自己做，比如拉著這條塑膠繩，做手部伸展運動；手部復健部分，我們還蒐集破掉的舊襪子綁起來做成一顆球，代替彈力球，讓他們握在手裏訓練手部強度。」

曾經有一個病患，才剛中風三個多月，左半側已虛弱無力到連站都站不起來。志工發現他時，他躺在草地上，正打算放棄自己的人生。上過復健課程的志工都知道，現在正是此人的復健黃金期，於是積極協助他復健，每天一、兩個小時，「他進步很快，現在已經能站起來正常行走了。」

奕瑋笑容滿面地說，其實一開始他們對自己也很沒有信心，畢竟不是每個病患都是初期。直到他們從一位自雷地史密斯來支援的專業復健師手中，親眼看到奇蹟。

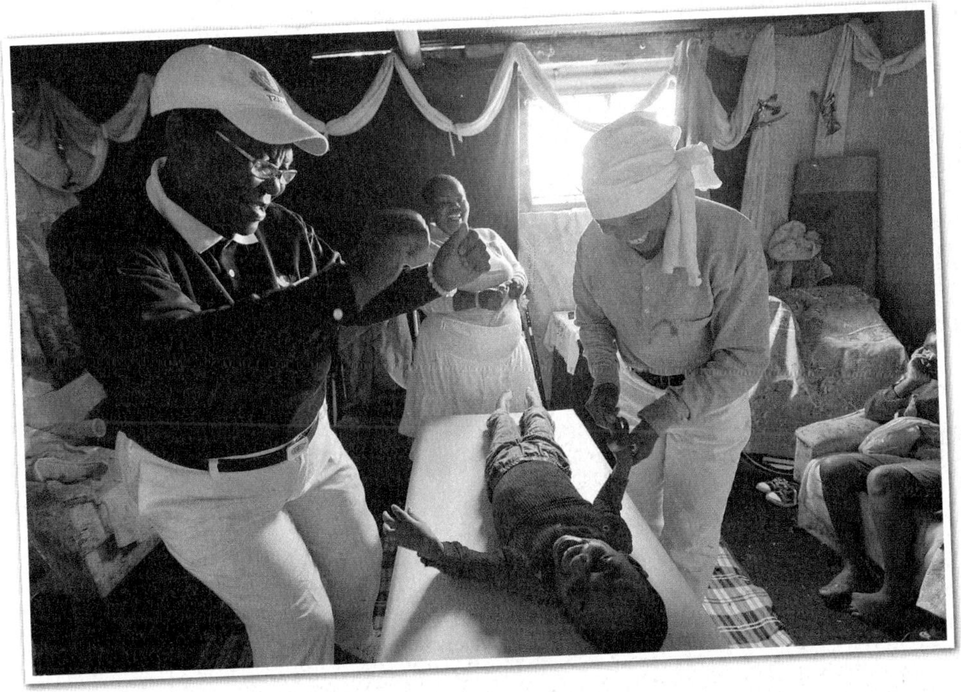

在復健中心裏，孩子因為無法忍受痛而放聲大哭，志工們在一旁載歌載舞，試圖分散他的注意力。

「一個七歲的腦性痲痹孩子，媽媽一天到晚把他放在床上，漸漸的，男孩的肌肉迅速萎縮，什麼都不能做了。」奕瑋心疼地說，孩子腳不能走、手不能動，只有一雙眼睛骨碌碌地證明他還活著。

復健師先幫男孩按摩，一段時間之後，再把男孩整個拉起來，讓他站直。男孩痛得大哭，整間房子都被他的聲嘶力竭給盈滿，但復健師不為所動。這個動作堅持十分鐘後，她慢慢地放開男孩，令人驚奇的是，頓失支撐的男孩竟然沒有跌倒，「他站著，這是他人生第一次站起來！」

奕瑋回想起這段往事，臉上的笑容愈來愈燦爛，「當時現場畫面很有趣，孩子繼續大哭，但是我們跟他媽媽都笑得很開心。」

現在，這個簡易的復健中心一週開張兩次，奕瑋與騰緯兩人也都會投入協助復健的工作。

「我們愛一個人，不只是呵護他，有時候要罵他、鞭策他，還要讓他痛。因為我們希望他愈來愈好。」奕瑋最後一番話，是我多年採訪慈善以來，最衝擊我的思維，「不是去照顧個案就代表我們是好人，我們需要站在對方的立場去思考，他的人生需要有進步，否則我們再關懷個三年，他還是一樣躺在床上，甚至只會更嚴重。」

活力與創新，是大人們最羨慕年輕人的本錢之一。但我在他們兩人身上看到的，是令人驚豔的突破。

在德本，有一天我去參加他們爲兒童所舉辦的活動課程。

亞棋熟稔地在臺上授課；臺下，潘明水不時地觀照全場，隨時補位支援。一切，都是要讓亞棋無後顧之憂地將課程圓滿。

亞棋常說：「只要看見他們在場，我就會很安心。他們是我很強力的後盾。」一向愛說笑的潘明水重新翻譯：「慈青做得很好，我們的作用，就是站在那裏當一尊菩薩，讓他們安心。」

聽著長輩這樣說，亞棋搖搖頭，溫柔地笑著，「他們總說我們能力很強，但我們的人生閱歷沒有他們豐富，像是評估個案、人事協調，還是要他們在前方處理。」

在南非從事慈善志業，年紀不是分水嶺，而是相互補足的最佳夥伴。

這一個月來，慈濟志工帶我走訪各處，處處都有著悲傷的故事，悲苦不知道還得要延續到何時？我也明白，這些事情都不是短期內就可以解決的。

但是在離開南非時，我覺得這兒還是充滿著希望，因為這裏有「傳承」。善心的人很多，他們將悲心延續給下一代，而下一代又是那麼地勇於將責任攬在肩頭。

你看過慈青的會徽嗎？那是雙手捧著一炷點燃的蠟燭。從南非慈濟志工帶領慈青學長，以及慈青學長傳承給學弟、妹的態度，都具體呈現出會徽所代表的意涵——燈傳燈、心連心，燈燈相傳無盡燈。

我想，這一盞盞的燈若是能綿延點亮，南非絕對會是非洲大陸最明亮的一角。

第三十三封信

冬的祝福

親愛的：

有一次我回北門，發現在通往廚房的門邊發現一節鐵棍，直立起來，高及腰部。

「這個要用來做什麼的？」

「前幾天有人撬開我們家鐵門想闖空門，還好路過的村民喝止，賊就被嚇跑了。」你坐在椅子上的姿勢沒變，眼睛緊盯著電視中的韓劇，口氣淡然。「所以，我把那支鐵棍放在那裏，以備不時之需。」

我聽了心一揪，鼻頭酸得拉皺了眉心。那時哥還沒回南部，我和他都在臺北工作，這樣一幢四層樓的透天厝只靠你孤獨守候，面對小偷竊賊，不僅沒有人可以挺身擋在你前頭，甚至也沒人陪著你一起膽顫心驚。

人家說，父親是兒女的擎天大柱，但在我心目中，你才是無可取代的依靠。堅強、勇敢、獨立……這不是用來描述現代女性的嗎？難不成你也跟上潮流？

愈長愈大，你的身形在我眼裏就愈來愈嬌小，可你仍然是我心目中的女英雄。

第一次看到你哭得像個孩子，是在外婆出殯那天。頹然哭倒在地的你，大家合力也拉不起來，彷彿你的重心全跟著長眠的外婆沒入深淵。你和外婆的感情一向很好，時不時就見你開心地握著話筒，與電話那端的外婆聊著天，大抵也不是什麼重要的事，天氣、家庭、親朋好友……可是我看得出來，你的笑容是打從內心，跟平常做生意面對客人時拉起的嘴形弧度不一樣。

失去外婆，對你來說，不僅是失去一個母親，更像是永別了一位懂你的知心朋友。

你常跟我們說，父母怎麼對待長輩，兒女都看在眼裏，未來也會複製一樣的作風，對待他們的父母。所以我跟你也很要好，打電話跟你聊天氣、聊菜價就很開心，我也很怕失去你。

臺灣民間充斥不少迷信，例如狗在夜晚嗥叫，代表牠看見不屬於人間的生物；以手指月亮是對月娘不敬，會被懲罰割去一只耳朵……信奉科學的人會嗤之以鼻說，這些都是沒有根據的迷信，雖然我也不太相信，卻多情地認爲，許多迷信其實是來自對天地萬物的尊敬。

但其中有一項迷信，在小學時代聽到後，我就長存心懷，萬萬不敢招惹越界——那就是在夜裏剪指甲，會見不到親人最後一面。已忘了這是從哪兒聽來的，朋友說沒聽過，連阿嬤也茫然，即使如此，不在夜裏剪指甲，我至今仍奉行不悖。

對親情的執著，讓我聽到潘明水講述一段過往時，忘情地掉淚。

二〇一一年，我到德本採訪時，潘明水已成功地帶動祖魯族志工參與當地慈善。那時，他並不是慈濟在德本的主要負責人。

「我自找麻煩啊！」潘明水年紀與你相仿，當我父親綽綽有餘，但他慣用的調皮臉色和語句，讓我感覺相處來像是朋友。因此，二〇一二年得知他接任慈濟南非分會執行長一職時，我感到非常驚訝，連地區負責人都不想做的人，怎麼會接任一個國家總負責人職位呢？我知道他很瘋狂，但絕對不會拿這種事來開玩笑。

「唉！我是被逼的。」潘明水淘氣地露出苦瓜臉。

二〇一二年二月，南非前執行長施鴻祺任期即屆，志工們回臺灣見證嚴法師。法師明確地告訴大家，非洲的慈善不能只侷限在南非、賴索托與辛巴威幾國，必須要拓展出去。

聞言，大家心知肚明：「南非執行長應該是位男衆。」因爲非洲男女地位懸殊，女性若要領衆行善，不但有危險性，說的話也不見得能讓當地人聽從、信服。

突然，證嚴法師話鋒一轉，「像潘居士前幾年帶本土志工去聯合國和美國各地講述慈善，那不是很好？」當下，潘明水自知苗頭不對，「只差沒指名道姓，但我假裝聽不懂。」不是他不敢擔負大任，而是自顧不暇。

潘明水的眼睛不好，身體狀況頻頻出問題。和他相處期間，我發現他既不能久站，也無法久坐，纏在胸下的護腰，是每日出門的必備行頭。

當時困擾他的，不只有自己的身體。「那時候，我媽媽在加護病房，有跟沒有的差距很短。」潘明水口中的「有跟沒有」，不用明說，我們都了解

潘明水的護腰甚少取下，然而這只能減緩不適而已。在德本期間，看著他夜以繼日地做著一份沒有薪水的「工作」，我常為此滿心不捨。

那消失的主詞，是「生命」二字。

但，他沒對法師說出口。

「每次想到非洲那麼多苦難衆生，內心就很不捨，不知道該如何是好？我想應該需要一個比較能跟當地黑人互動的人，去帶動出更多善的循環。」證嚴法師輕嘆口氣，一雙慈目對上潘明水的眼神，「我在臺灣，心就很難過了，你在非洲，那麼靠近他們，難道不會不捨嗎？」

這番話講得剛硬的潘明水都忍不住快掉下淚來，心裏卻百般掙扎，倘若眞要接下這分責任，就必須趕緊回到南非，然而母親已命在旦夕……

內心交戰之際，證嚴法師的聲音又清晰傳入他耳裏，「這樣好嗎？」

這下子，潘明水一定得給答覆了。

「好。」他抬頭望著誓言追隨的師父，從嘴巴裏講出來的字句，彷彿不是出自大腦的決定，而是內心深處。

證嚴法師這才鬆一口氣，「回去做『番王』吧！不只是南非，很多國家都很可憐。」

這一句話，不只是要潘明水接任南非分會執行長的職務，也等於是明白指示他要走出南非。國際志工小組的緣起，就是在這樣的一個場合中，確立執行。

當時慈濟在史瓦濟蘭每年一度的冬令發放正要展開，潘明水盤算，要走出國際，這是一個很好的時機。

那天他回到醫院，拉著太太的手，沈重地將母親託付給這個牽手一生的女人，「要拜託你了。我既然答應師父，就一定要做到。」守諾言的個性就像潘明水體內的血水，只要生命還在，就永存地根深蒂固。

太太點頭應允後，潘明水走入加護病房，握著媽媽那雙比他還小的手，他生平第一次虔誠地向上天祈求，「菩薩，我這一生都沒有求過您，能不能讓我求一次就好？讓我減壽十年，讓媽媽撐過去，這樣我才能安心地回南非做師父交代的事。」

祈求的字句很精簡，卻是他一向快速轉動的腦袋中，唯一能想到的話語。接著，他頭也不回地轉身離去，因爲怕再多停留幾秒，就會崩潰在背信與不孝的掙扎中。

從醫院到機場，潘明水一路都沒停下眼淚，「我怎麼在媽媽最需要我的時候離開她？」不孝只有兩個字，卻能輕易壓垮一個男人。

「到機場後，我馬上告訴自己不能再哭。我要開始做事了！」

「難道你都不會有罣礙嗎？」問這句話時，我已經擦去不少眼淚，聲音還是哽咽的。

「當然會。我太太每天都會從臺灣傳回媽媽的狀況。」這時，潘明水擦去臉上最後一滴淚水，笑了，「之後的事情，好像奇蹟一樣。」

「媽媽的指數正常了。」「管子已經拿掉了。」「她開始有知覺了。」「醒了！」

本來該是被帶走生命的人，就在潘明水踏出臺灣，進入南非，再轉往史瓦濟蘭的路途中，一步步地拼接回生命的管線。

回到德本後，潘明水用網路與臺灣家人視訊。弟弟和弟媳笑容開朗，這是母親住進加護病房後就從他們臉上消失的表情，「媽好可愛，像小孩子一樣，我們問她知不知道在醫院多久，她說已經很久了。接著再問她知不知道自己幾歲，她竟然說自己七十九歲，而且很堅持，一直跟大家爭論。」

其實老母親眞正的歲數是八十九歲。

潘明水在南非這頭，也笑了。他笑著跟弟弟和弟媳說：「她本來就是七十九，只是你們不知道而已。」放在內心的那句話，他只說給自己聽，「因爲我已經把十年壽命給她了。」

「我是一個很鐵齒的人，現在我相信了，因爲菩薩還是……」淚水再度呑沒他的語句。

一般人都認爲，做善事必須在自己身心最健全的時候，還要有錢、有閒。可是我在非洲南部，幾乎都能看到每一位志工身上的苦痛與磨難。像潘明水這樣的人有多少？好多。

那苦過也窮過的農家子弟黃健堂；遭劫數次卻不對南非黑人失望的臺商

們：人力單薄，卻想撐起教育一片天的雷地史密斯志工；在全然不同於生長環境的莫三比克國度裏的蔡岱霖；穿著一雙脫皮的白色球鞋，卻毫不猶豫從自己口袋裏掏出所有的朱金財……我無法一一列舉。

和這些人相處在一起，彷彿回到臺灣，我常會忘記自己身處在非洲大陸。怎麼說呢？

臺灣攝影師齊柏林曾說：「很多人說臺灣很小，我會反問他們，你都看過了嗎？」

擅長拍攝臺灣地理風景的齊柏林講的是臺灣的土地，但我想到的是人。對我來說，臺灣最美的風景是人，這些熱情又雞婆的人。

我在非洲南部遇到的這群臺灣人，即使來到陌生國度一待就是數十年，也並沒有被「非化」，還保有濃濃的臺式文化。

祖魯族婦女志工也令我驚訝，就像潘明水向蔡岱霖轉述的，她們每一個人幾乎都有一段悲慘的故事，這些故事有些成為過去，有部分還處於當下。

即使發燒也堅持要下鄉訪貧的鐸拉蕾；每走一步就如針刺脊的碧翠絲；生了病卻只想到不能照顧愛滋病患的布蘭達；窮得連自己都吃不飽卻還是堅

持餵養孤兒的辛西亞，還有差點遭前夫放火燒死的葛蕾蒂絲……可是你看看她們，竟然還有能力去愛人，甚至還豐沛至鄰近國家。我在這些黑人婦女的身上，看見她們心目中那偉大領袖曼德拉的精神。

曼德拉曾在種族隔離時期，因爲煽動民衆與鬥爭白人政府，遭到監禁，長年受到不人道的對待，甚至被逼迫到採石場做苦工，前後長達二十七年，一生最精華的歲月，幾乎全在監獄那間僅容旋身的小房間裏度過。

可是當他出獄，被民選爲首任黑人總統的就職典禮上，卻邀請了三位曾虐待過他的獄卒到場觀禮。曼德拉那天經過三人面前時，停下腳步，轉身以正面面對他們，並恭敬地向他們致敬。曾參與過那場就職典禮的人說，當時整個世界彷彿都靜了下來。

致詞時，曼德拉告訴大家：「當我走出囚室，邁過通往自由的監獄大門時，我已經清楚，自己若不能把悲痛與怨恨留在身後，那麼我仍留在獄中。」

和祖魯族婦女志工頻繁相處，我不僅沒在她們身上看見仇恨與對窮困所產生的不滿與怨懟，反而看到一股力量。這股力量督促著她們拖著年邁的身軀行善，也堅定她們對幸福人生的信仰。

猶如華裔作家張戎，她於一九五二年出生在中國，經歷大大小小的運動與文化大革命，最後從中領悟人生。她說：「我享受過特權，也遭受過磨難；有過勇氣，也有過恐懼；見過善良、忠誠，也見過人性最醜陋的一面；在痛苦、毀滅與死亡之中，我更認清了愛及人類不可摧毀的求生存、追求幸福的能力。」

在慈濟傳播人文志業基金會擔任記者長達七年，採訪過不少溫馨的故事，本以爲自己對「這類事」已經麻痺了，可是在非洲南部歷經兩個月的旅程，我的身體、這個軀殼仍是一路裝滿悸動。

回臺灣後，休息幾日調整時差，朋友看到我的第一個反應很一致，側著頭疑惑地問：「你怎麼沒有變黑？」

「因爲非洲南部現在是冬天。」我想，或許該提醒大家，有別於臺灣位處的北半球，非洲南部是在南半球，氣候截然不同。

殊不知聽到我的回答，大家的表情不但沒有豁然開朗，反而更顯驚訝，「什麼？非洲也有冬天！」

我迫不及待在電話中跟你說這件事情，你哈哈大笑。掛掉電話後，我心想，其實你和我朋友有一樣的想法吧？

我們兩人對天氣的觀感是截然不同的。

你討厭夏天，常說悶熱的天氣會讓你提不起勁來，唯一能提升的是火氣；而我不喜歡的是冬天，那是一種酷刑，每天都想裹著棉被出門。

啓程前往非洲南部時，當地的朋友已經先警告我要帶些冬衣去，因爲那裏正要入冬。當時我心裏埋怨著：「好不容易快熬過臺灣的冬天，爲什麼還要去體驗非洲的冬天呢？」

可是一去到非洲南部，我愛上那裏的冬天。別誤會，那裏的冬天比臺灣更嚴寒，晚上零下的氣溫逼得我得天天抱著熱水袋睡覺，插電的還不夠熱，要像你們那個年代那種裝熱水進去的熱水袋才行。

難道是國外的月亮比較圓的情愫嗎？非也。

拍過三十萬張臺灣地理空拍影像的攝影大師齊柏林說：「這片土地，是我們的家，當你看見這片土地的美麗與哀愁，才能眞正祝福她。」我的家在臺灣，非洲南部對我來說是一個遙遠的大陸，但透過這次的採訪任務，走過五個國家，我感受這些國家的美好，無論是人文或是風情習俗；也了解到隱藏在如畫風景後，那深沈的故事與難解的社會環境問題。

我喜歡非洲南部的冬天，是因爲我想寄予一分祝福。因爲有了冬天，才能迎接春天的到來，不是嗎？親愛的媽咪。

六月，南非正要進入冬季，草木染上一層褐色的黃，有種滄桑的美感。（下頁圖）

一九九二

・1月26日，南非聯絡處成立，兩天後展開華人康寧安老院定期關懷。

・5月10日，為康寧安老院舉辦籌建新院義賣。

一九九三

・6月13日，展開夸祖魯—納塔爾省黑人村落的殘障孤兒院、老人院定期關懷。

・8月6日，雷地史密斯聯絡點成立。

・8月7日，德本聯絡處成立。

・12月2日，頒贈清寒獎學金予十二名德本黑人高中生。

・12月6日，發放種子和民生用品予約堡最大黑人區索威托南邊楞內西亞區貧戶，並提供十位貧困青年獎學金。

一九九四

・3月1日，自由省白人村落豪雨成災，前往收容所發放棉被和日用品。

・3月24日，捐贈耕作工具及菜種予楞內西亞區實驗農場。

・5月7日，捐贈文具用品、座椅、布料等物資，予雷地史密斯貝斯特斯小學師生。

・6月17日～7月7日，來自臺灣的兩貨櫃衣物運抵南非，在約堡、開普頓、雷地史密斯、德本展開發放，共五萬件衣物、五百零七件毛毯，以及一百五十四包玉米粉，嘉惠一萬多人。

・7月31日，於德本召開「慈濟援助盧安達難民說明會」，南非各地志工陸續發起募款、義賣。

・9月13日，與楞內西亞區格列維爾小學簽訂貧困兒童獎學金，每年五十個名額，爲期兩年。

・10月15日，伊麗莎白港聯絡點成立。

・12月12日，慰訪雷地史密斯瑪麗亞老人院。

一九九五

・1月，開普敦、東倫敦聯絡點成立。

・2月20日，致贈一百本祖魯文兒童書籍《力量的傳遞》予德本黑人孩童。

・3月5日，捐助一千一百八十斐鍰，予德本黑人區辛特瓦聾啞學校作爲校舍擴建基金。

・4月7日，十五貨櫃衣物從臺灣運抵南非，嘉惠十萬貧民度過嚴冬，發放對象包括史瓦濟蘭、賴索托等國。

・5月，於德本安班布魯祖魯族部落，開辦三個裁縫職訓班。

・6月26日，提供雷地史密斯埃基頓小學、莫努門小學及雷地史密斯高中、伊薩凱尼教育專科學校，共四十一位清寒優秀學生獎學金。

一九九六

・7月1日，約堡索桑谷維區民眾成立「自力更生社區發展委員會」，舉辦和平燭光晚會，宣布停止種族、政黨衝突，學習慈濟「普天三無」精神。
・10月16日，賴索托聯絡處成立。
・10月17日～19日，賴索托慈濟人至馬吉延新黑人區及馬賽魯孤兒院發放。
・12月1日，索桑谷維區自力更生社區發展委員會開辦縫紉、中華國樂、幼童教育、愛滋病患烘焙等職訓班，慈濟捐贈二十臺縫紉機、十五匹布及一套音樂設備。
・12月4、6日，前往約堡仁慈修女會收容所，發放營養品予一萬六千名來自莫三比克、辛巴威的難民。
・2月25日，克力普河暴漲，至重災的雷地史密斯屋谷沙凱黑人村發放麵包；一週後，再度前往臨時收容所及黑人村發放食物予四百戶受災民眾。
・6月23日，德本唐伯區發生火災，發放三百五十公斤食品及八袋冬衣。
・7月23日，探訪雷地史密斯屋谷沙凱小學，決定援建十間新教室；截至二〇〇四年七月，共援建當地七所小學、一所幼稚園，約五十多間教室，可容納兩千七百多位學生。
・7月8日～12日，南非首屆慈青靜思營，近六十位約堡、德本及新堡等地慈青參加。

一九九七

・2月14日，德本街頭流浪兒總收容所，設立第一所流浪兒接待中心，由四個貨櫃改裝而成，內設簡單衛浴、廚房、休息室及社工輔導室。慈濟贊助各個隔間的通風設備、廚房與浴室等水電設備，以及外部圍牆。

・6月26日，援建雷地史密斯屋谷沙凱聖查得村水井，提供兩百多戶人家乾淨飲用水；之後陸續完成三十七口水井，嘉惠市郊三萬餘貧民。

一九九八

・5月30日，寒冬初臨，氣溫驟降，供食予約堡流浪漢，並發放毛毯一百五十條。

・6月14日，於賴索托馬賽魯兩處黑人村落廣場，舉辦大型冬令發放，嘉惠四千戶貧民。

・9月22日～26日，馬賽魯發生暴動，賴索托與南非志工合作成立救援小組，照料倉皇逃離家園的臺商、黑人、大陸鄉親。

・11月14日，於每月第三個星期六上午，發放物資予索威托盲胞。

一九九九

・4月11日，東倫敦黑人區遭大火毀屋，又遭連續暴雨侵襲；前往收容所關懷、發放。

・9月3日，西開普省遭受龍捲風襲擊，首波發放物資約十萬鍰斐幣。

・9月22日，臺灣發生九二一大地震，約堡、普里托利亞、布魯芳登、雷地史密斯、德本、東倫敦、新堡、開普敦及賴索托聯絡處開始收集、製作義賣物品，相繼展開相關活動。

二〇〇〇

‧2月19日，爲約堡亞歷山大黑人區遭受水患貧戶興建六十九間組合屋；半年後啓用，爲南非第一座慈濟村。

‧2月21日，捐贈價值約新臺幣五百萬元的縫紉機及布匹，予賴索托馬賽魯貧區十五個職訓所。

‧3月17日，前往馬普蘭卡省各賑災中心，發放總值三萬斐幣的奎寧、治療痢疾用藥丸，以及民生物資。

‧10月29日，每月關懷普里托利亞西北部蓮花之家已三年，除致贈日用品，慈青也爲近六十位院童輔導課業。

二〇〇一

‧3月3日，雷地史密斯五所慈濟小學舉辦首屆聯合運動會。

‧3月7日，前往德蕾莎修女之家關懷愛滋病患，並致贈玉米粉、糖、米、葵花油、罐頭、水果等物資。

‧7月3日，捐建約堡兒童殘障收容所完工。

‧12月底，第一屆祖魯族志工幹部研習會在德本召開，計有三十人與會。

二〇〇二

- 5月29日，賴索托冬令發放首站爲南非雷迪布蘭孤兒及流浪兒之家，致贈可容納十八人的雙層大鐵床、床墊和毛毯等保暖寢具，以及保暖衣褲等。
- 7月，發放兩千五百公斤玉米粉予賴索托北部山區貧民。
- 9月2日，與賴索托臺灣商會、紡織品同業公會合作，參與「國際組織賴索托糧食補助計畫」，認養一千戶飢民，連續四個月提供每戶每月二十五公斤玉米粉，截至二〇〇三年四月止。
- 12月，七年間在南非成立了五百多個職訓所，上萬名祖魯族婦女學會謀生技術、改善生活，更投入慈濟志工行列，照顧部落愛滋病患與遺孤。

二〇〇三

- 2月14日，南非聯絡處升格爲分會。
- 3月5日，新堡聯絡點成立。
- 8月10日，連續三個月在南非各地及賴索托舉行冬令發放，動員兩千人次華裔及祖魯族志工，嘉惠八千九百戶貧民。

二〇〇四

- 2月4日，至德本昂拉奇關懷照顧戶，並爲中學生舉辦愛滋防治說明會；目前已有四百餘位祖魯族志工投入關懷愛滋行列，照顧病患逾千人。
- 5月15日，美國總會爲雷地史密斯七所慈濟小學發起「送愛到南非」贈書活動，截至二〇一二年，募集十一萬六千多本書，嘉惠擴及十九所學校。

二〇〇五

・6月25日，南非失業問題日漸嚴重，決議冬令發放擴大舉行，總計七千一百五十戶受惠。
・10月9日，首次於卡爾芳登黑人村舉辦慈濟茶會。

二〇〇六

・6月12日，於約堡、雷地史密斯、德本等地，陸續展開冬令發放。
・7月30日，首次於皇后鎮舉辦冬令發放，嘉惠兩百戶貧民。

二〇〇七

・3月25日，在約堡舉行南非慈誠隊成立大會。
・5月，為照顧貧困愛滋孤兒及弱智孩童，於亞歷山大等地展開六場冬令發放，嘉惠二十一所學校、兩千名學童及其家庭。
・7月28日～29日，史瓦濟蘭連年乾旱，與臺商公司合作發放，每戶四十五公斤物資，約計兩千戶。
・11月3日，賴索托首場社區愛灑人間茶會，在第塔巴內恩貧區舉行，共三十七位民眾與會。
・11月17～18日，首次在辛巴威首都哈拉雷展開發放。
・11月，賴索托糧荒，在馬都崁地區展開持續六個月的物資發放，共有八百零五人受惠。

二〇〇八

・1月起，為辛巴威罹患白癬的學子免費理髮、殺菌，截至二〇一三年底，已剃超過三萬顆頭。

・5月20日，南非發生排外暴動，政府緊急成立「多國難民營」，截至二〇〇九年二月二十八日，七次前往發放。

・7月26日，德本本土志工幹部研習會每半年舉辦一次，一百一十五位志工不畏路遙，自費搭車、半夜摸黑走山路，準時出席參加培訓。

・11月28日，發放衣服與文具予賴索托布衣德落公立小學一百五十二位貧困學童。

二〇〇九

・3月21日，至約堡市中心聯合腦性痲痹中心慰訪；每三個月一次的例行關懷，八年來從未間斷。

・4月9日，帶領雷地史密斯藍堤社區獲獎助學金的孩童參與訪視和發放。

・11月9日～11日，舉辦第一屆非洲志工精進研習會。

・11月22日，捐助玉米種子予馬都崁五百二十位農民，計八百五十袋。

二〇一〇

・9月26日，賴索托南部山區塔巴拿莫瑞那哈果諾帖遭受風災，展開為期三個月援助計畫，每月一次前往發放物資予三十一戶受災家庭，其中玉米粉是由馬都崁農民所捐贈。

二〇一一

- 2月20日，前往賴索托塔巴波西烏山區那薩瑞斯進行助學個案訪視。
- 2月22日，祖魯族志工葛蕾蒂絲、鐸拉蕾，受邀參與第五十五屆「聯合國婦女地位委員會」周邊會議，分享職訓班讓當地婦女自力更生、自助助人的經驗；並以「大愛無疆界：南非祖魯婦女生命蛻變的美麗篇章」爲題，在全美展開三十五場巡迴演講，鼓勵民眾響應美國總會發起的「五元的力量」募心募款運動。

二〇一二

- 3月24～26日，南非成立國際志工小組，展開爲期三天史瓦濟蘭關懷之旅，舉辦愛灑茶會、分組下鄉訪視居家病患、關懷布索尼日間照顧托兒所。之後，每月出訪鄰國一次，八月首次至莫三比克。
- 5月13日，南非分會與美國總會合作推動「德本孤兒社區中心」專案。第一階段三所社區中心，分別於恩辛比尼、恩塔班庫魯、瑪頓杜貝啓用。
- 5月18日～9月15日，辛巴威傷寒、霍亂等疫情爆發，前往各機關、學校、社區進行衛教宣導，並發送淨水藥水與冬衣等。
- 7月29日，援建辛巴威自由小學七間簡易教室。
- 9月12日～10月30日，發起「慈濟教育愛・歡喜書包緣」計畫，向慈濟教育志業體師生募集一萬五千份文具、書籍，嘉惠辛巴威貧童。
- 10月8日，捐贈自由小學九支太陽能路燈，加強夜間照明並改善治安。

二〇一三

・12月8日，爲莫三比克殘障孤兒院募款，並協助餵食院童。
・1月21日，於自由小學供應熱食一週六天，嘉惠師生及附近學齡前孩童。
・1月31日，莫三比克豪雨成災，於馬普托、加扎省夏夏及贊比西省發放物資，嘉惠逾六千人。
・3月13日，自由小學簡易廚房啓用。
・5月9日，辛巴威首次浴佛典禮在自由小學舉行，由八十八位本土志工演繹〈行願〉法船，四千兩百人與會。
・6月24日，在辛巴威哈拉雷成立「慈濟社區簡易復健室」，由取得證照的本土志工，每週一、三、五爲行動不便的貧戶按摩復健，並提供午餐。
・7月6日～22日，史瓦濟蘭冬令發放嘉惠兩千九百九十六戶貧民。
・7月7、8日，於莫三比克馬夏奇尼社區、伊芙蓮妮水災帳棚區，展開首次冬令發放。
・11月11日，水源匱乏，辛巴威雨季後，常爆發虐疾傳染病，援建艾普沃斯社區三口水井完工。

地球村系列 004．非洲

來自非洲的33封信㊦

撰　　文／涂心怡
攝　　影／林炎煌

創 辦 人／釋證嚴
發 行 人／王端正
總 編 輯／王慧萍
主　　編／陳玫君
編　　輯／涂慶鐘
校對志工／張勝美、楊翠玉
美術編輯／林家琪
出 版 者／慈濟傳播人文志業基金會
　　　　　中文期刊部
地　　址／11259臺北市北投區立德路2號
編輯部電話／02-28989000分機2065
客服專線／02-28989991
傳真專線／02-28989993
劃撥帳號／19924552　　戶名／經典雜誌
製版印刷／新豪華製版印刷股份有限公司
經 銷 商／聯合發行股份有限公司
　　　　　23145新北市新店區寶橋路235巷6弄6號2樓
電　　話／02-29178022
出版日期／2013年12月初版一刷
　　　　　2014年 4月初版二刷
定　　價／全套新臺幣599元（上、下冊不分售）

國家圖書館出版品預行編目（CIP）資料

來自非洲的33封信／涂心怡撰文
一初版.一臺北市：慈濟傳播人文志業基金會，2013.12
652面；15×21公分一（地球村系列；4）
ISBN 978-986-6644-98-6（全套：平裝）
855　　　　　　　　　　　　　　　　102025811

地球村系列